MOTTO

Halina

Pawlowská

Banánové chybičky

Praha 2003

ISBN 80-7246-181-8

Milí čtenáři,

nečeká vás drama, román ani básně. Jen strašné zoufalství, drsné děti, zkřehlé naděje, krutí milenci, jadrné glosy, ambiciózní blondýny, bolavé touhy, žárliví manželé, zraňující vášně, nespokojené matky, cynické rady a nezapomenutelně trapné okamžiky.

Všechno se stalo mým kamarádkám, mým příbuzným, mým sokyním, mým potomkům, mým vyvoleným a úplně cizím lidem.

Za inspiraci děkuji mým rešeršistům, časopisu Reader's Digest, českým básníkům, Edwardu Learovi, podnětným mailům, přítelkyním, které zuřivě žijí tak, aby se o tom dalo poutavě vyprávět, a svému producentovi „Banánových rybiček“, který po mně neochvějně žádá každý týden bujaré veselí.

Děkuji Janě Procházkové, která se mnou a „Rybičkami“ zápasí už čtyři roky a přemáhá statečně svou nenávist ke všem omletým zdlouhavým historkám.

Děkuji svým rodičům za absurdní dětství, z kterého jsem se ještě nevzpamatovala, svým rivalkám, které mě ženou vpřed, a svým láskám, které mě jitří, jako by mi bylo dvanáct.

Děkuji svému muži, že existuje, a mým dětem, že netají mou existenci.

Děkuji vám, čtenářům. Psát do zásuvky je hodně povznášející, ale když si vaše slova někdo zapamatuje, tak je to skoro stejně slastné, jako když zmrzlí vstoupíte do horké vody.

Jo! A všechny mé rady berte s rezervou, protože stejně vždycky platí:

Bystrost bábě nepomůže,
když jde kolem mladá kůže!

Jak přežít zdravý životní styl

Člověk většinou pochopí, že pro sebe musí něco udělat,

- **když ho tíží kila,**
- **když ho tíží žal**
- **a když se dítě při pohledu na jeho maturitní foto zeptá: „A to je kdo?!“**

Jezte a pijte, co hrdlo ráčí, život je krátkej, tak vo co kráčí!

VÍC NEŽ SVŮDNÁ KRASAVICE NASYTÍ TĚ JITRNICE!

Kila a žal mne tížily ještě před maturitou, odjela jsem proto na kurz, abych byla krásnější. Pět hodin denně jsem cvičila, abych pak nedostala téměř nic k jídlu, a kurz vedl docent-dietolog, jehož nejoblíbenější píseň byla od Voskovce a Wericha a pořád si notoval: „...půl párku... půl párku...“

To mi připomíná, že když jsem byla za kamarádkou ve Filadelfii v USA, tak kamarádka mne vodila do vegetariánské restaurace, která měla obrovskou vývěsku: *„Jezte u nás – žijte zdravě.“* A najednou si naproti otevřel stánek párkař a ozdobil ho obrovskou cedulí: *„Jezte u mě, zemřete šťastní!"*

S tím docentem-dietologem, jsem pak, paradoxně, měla společný nejen ten „párek", ale i syna. Seznámila jsem se s ním na nějakém večírku a on jednou za mnou přijel na chalupu a já mu nabídla toasty. Úplně obyčejné. Veka, sýr, máslo, šunka. Syn doslova omdléval rozkoší nad takovou lahůdkou. Nemohl vůbec přijít na to, co je tam tak strašně dobrého. A pak nám to došlo: On totiž do svých dvaceti(!) let vůbec nevěděl, že existuje normální máslo. Z toho jsem vyvodila svou radu. Je v přímém rozporu se současným zdravým způsobem života, ale odpovídá jídelníčku našich babiček, které se většinou dožily vyššího věku než my teď. Rada zní:

Máslo kraví jez pro zdraví!

DUŠENÝ HLEMÝŽĎ A NADÍVANÝ RAK ZAŽENOU KAŽDÝ MRAK!

(Inspirováno Magdalenou Dobromilou Rettigovou.)

Má dcera je momentálně dost volnomyšlenkářská vegetariánka. Volnomyšlenkářská proto, že vždycky když někde vznese požadavek na stravu, tak říká:

„Já vůbec nejím maso. Jen kuře, lososa a husu!"

Kdysi jsme ale doma prožívali těžké chvíle. Má dcera nejedla nejenom maso. Má dcera byla zarputilá veganka. A pamatuji si dobře, jak jsme jednou měli návštěvu, na které mi velmi záleželo, a já udělala úchvatnou smaženici. Má dcera náhle zprudka odstrčila talíř a zařvala:

„V tom jsou vejce! Fuj! Nechápu, jak můžete jíst ty mrtvé zárodky!"

Nesmírně mne ale pobavilo, když syn (asi v 5. třídě na ZDŠ to bylo) přinesl v žákajdě tuhle zprávu:

„Část odpoledne stráví děti hledáním slimáků v lese. Ten den nebudou potřebovat svačinu."

RODIČE VŠECH ZEMÍ, SPOJME SE, DŘÍV NEŽ NÁS ROZVĚSÍ PO LESE!

Můj syn nenávidí přírodu. Nenávidí mléko, uherák, sýry, ovoce a zeleninu a taky nenávidí čerstvý vzduch a zdravý pohyb.

Když mu bylo asi tak sedm, tak jsem na

vlastní uši slyšela, jak mému manželovi říká:

„Tati, povídej mi ještě jednou, jak jsi byl malý a musel jsi jít přes celý pokoj, aby sis v televizi přepnul program.“

Tuhle jsem syna donutila, aby jel s námi mimořádně na chatu. Vzal s sebou kamaráda. Vypadalo to bezproblémově. Kamarád jedl všechno, komunikoval s námi, nestýskalo se mu a při jízdě na kole si bral disciplinovaně přilbu.

Pak najednou něco zabzučelo, všichni jsme zvedli hlavu ke štítu střechy a tam jsme viděli obrovské sršní hnízdo. V tu chvíli chlapec pravil:

„Jo! Jsem alergický na hmyz!“

„Co to znamená?“ zeptala jsem se.

„No, že kdyby mě štípl i jen jeden komár, že bych asi zaklepal bačkorama...“

Můj kolega v redakci (pod vlivem médií) se rozhodl, že konečně bude žít zdravě. Přestal jíst, pít a pořád (aby lépe viděl!) jedl mrkev. Pak byl podrážděný (vyhladovělý), nudný (střízlivý) a **oranžový**!

Taky měl obrovské zažívací potíže. Pak se přišlo na to, že má v sobě moc vitaminu A, a to je skoro totéž, jako kdyby byl notorikem. Vitamin A je totiž jeden z mála vitaminů, se kterým si játra skoro stejně jako s alkoholem neumějí poradit. Z toho vyplývá:

Mrkev, vodku že máš rád?!
Všeho dej si akorát!

NEŽ VÁS NACPOU PILINAMI, NACPĚTE SE S CHUTÍ SAMI!

Sestra mojí maminky, moje teta, měla strašné bolesti. Měla artrózu v kyčli, nemohla skoro chodit, naříkala, ale žádné prášky ani injekce nezabíraly. Po všech pokusech u lékařů mi přítelkyně Ivanka navrhla, že k tetě přivede své dobré známé. Že jsou to léčitelé-makrobiotici, a ti že mé tetě určitě pomohou. Ivanka k tetě makrobiotiky přivedla. Oni si hned věděli rady a říkali tetě, jak má zdravě jíst, pít, myslet...

„Musíte jíst syrové, na drobno pokrájené zelí, ale ne mnoho a jenom jednou denně,“ řekla tetě odborná makrobiotická žena.

„A až vám bude líp, tak jezte jenom

pražené ječné zrní a čtyři klíčky ze pšenice. Pak se nemoc nevrátí,“ dodal odborný makrobiotický muž.

Mně se to celé nějak nezdálo. Teta byla dost slabá a představa, jak zobe zrní, mi připadala až zvrácená. Proto jsem se obou makrobiotiků dost podrobně vyptávala. Ivance to bylo skoro trapné. Ale oba makrobiotici mi odpovídali ochotně a rádi.

Ano, oni sami se živí výhradně obilím a klíčky. Ani na večírcích a oslavách nezhřeší! Žádné chlebíčky jim nenutí, sypou si jen zrní.

Ne! Opravdu nikdy nejedí nic vařeného. Už od puberty, seznámili se ostatně na táboře se zdravou stravou.

Ano. Cítí se výborně! Jsou plní síly! Jsou fit! Lněné semínko střídají s makovým zrníčkem, ovesnou vločku s kukuřičným lupínkem.

„*A co vaše děti?*“ zeptala jsem se. „*Neměly s takovým stravováním problémy? Třeba v družině nebo někde na lyžařských kurzech? Neláká je čokoláda? Neměly tendenci třeba v pubertě se proti takovému asketickému způsobu života vzbouřit?!*“

Chtěla jsem vědět všechno.

Makrobiotici evidentně upadli do rozpaků. Ivanka na mě šíleně mrkala a ze všech sil mi naznačovala, ať už proboha těch otázek nechám.

Myslela jsem si, že jsem do něčeho necitlivě šlápla. Na nějaké hodně bolavé místečko. Asi že se jim děti nepovedly, že žerou tlusté od vepřového a knedlo, špekáčky za syrova a k tomu výčepní lihovinu.

Rychle jsme se rozloučili, makrobiotici odešli a Ivanka na mě zařvala:

*„Zbláznila ses?! Ty se jich ptáš na děti v pubertě a přitom **jí** je devatenáct a **jemu** dvaadvacet! Vždyť se tepru chtějí brát!“*

No... takže teta dál jedla šunku, štrúdl a pila plzeň a pak šla s kyčlí na operaci a byl pokoj.

Ale ti makrobiotici... Přísahám! Vlasy jak sláma, pleť žlutá, ručičky hůlčičky a v očích prach a popel... Byla jsem přesvědčená, že jim je určitě přes šedesát!

P. S.: K zdravému životnímu stylu patří zdravé jídlo. Člověk v průměru stráví u jídla šest až sedm let.

K zdravému životnímu stylu patří pohyb a zdravý duch. Člověk se zdravým duchem svým smíchem ztratí za život zhruba jeden rok a 258 dní.

A pokud jde o zdravý pohyb, tak jedna z největších odbornic na dokonalou postavu řekla, že když se jí přestanou dvořit mladí muži, je čas na novou plastiku!

„Živote krásný!“ aneb Trendy, které by měly letět

Ach, jak krásně by se mi žilo, kdyby „in“ všude na světě bylo:

1. Vážit minimálně 80 kilogramů!

2. Neštítit se brát zadarmo peníze od bohatých a štědrých.

3. Ležet v lednu a v únoru v horské chatě a od krbu sledovat, jak romanticky padá sníh.

4. Ležet každý víkend v posteli s mužem, který ví, že „in“ je říkat 150x denně *„Miluji tě“*, a dokazuje to drobnými dárky (brilianty, smaragdy, rubíny) a upřímně jiskrnými gesty.

5. Posilovat si (v desetiminutových intervalech) nervy mléčnou čokoládou Lindt střídavě s belgickými plněnými (nugátem a pomerančovým krémem) pralinkami.

6. Říkat bezostyšně o všech mladších a hubenějších ženách, že jsou to blbé, hnusné husy.

7. Mít minimálně tři milence.

8. Dát kdykoliv a kdekoliv průchod své nenávisti a nakopnout své sokyně i protivníky.

9. Tupě zírat na televizi a vzdychat: *„Bože. To jsou hovadiny!“*

10. Mít děti, které nestudují, nemyjí se a nikdo z rodiny netuší, kde je jim vlastně konec.

11. Mít byt s podlahou plnou skvrn od skotačících štěňat.

12. Nemýt okna celé roky, protože stejně není na co koukat.

13. Pít kávu na litry, alkohol na hektolitry a kouřit tisíce cigaret.

14. V lednici mít vždy aspoň tři čerstvé obložené vajíčkové chlebíčky na hlad po půlnoci.

15. Chodit do společnosti v nejstarším županu a v ohlodaných pantoflích.

16. Absolutně nikdy nic nedělat se svým trouchnivějícím chrupem.

17. Používat rotoped jako věšák.

18. Válet se celé odpoledne v olejové lázni a listovat módními časopisy.

19. Nepamatovat si jména a ztrácet mobily.

20. Nikdy nekupovat jídlo pro rodinu.

21. Denně si v nejdražším butiku pořídit alespoň jednu módní novinku.

22. Vlastnit obývák jen pro své boty.

23. Vlastnit padesátimetrovou skříň s různými černými svetříky.

24. Nikdy nevenčit psy.

25. Neposlouchat žádné rady žádné matky.

26. Rozhodně nekontrolovat své účty a nebát se, jak to zase bude s daněmi.

27. Vyhýbat se všem preventivním lékařským prohlídkám a hlasitě naříkat při každém píchnutí.

28. Mít byt plný květin, které není nutno zalévat.

29. Neříkat manželovi, kam jdete a kdy se vrátíte.

30. Vyhazovat použité nádobí.

31. Telefonovat 18 hodin denně.

32. Prožívat vášeň jako Messalina. Asi tak... 25x denně!

Tak! A za „hit týdne" bych považovala to, když vám váš partner na větu: *„Zase jsem přibrala tři kila"* s úsměvem řekne:

„Miláčku, ty jsi jediná investice v mém životě, která se zdvojnásobila!"

Jak přežít
horší já

Desetiletý Johnny se ptá maminky:
„Mami, je Bůh muž, nebo žena?"
Maminka přemýšlí a nakonec říká:
„Bůh je i muž, i žena."
Tohle chlapce zmátlo, a tak se ptá:
„Mami, je Bůh bílý, nebo černý?"
„Bůh je i bílý, i černý."
Chlapeček, zmaten ještě víc, se táže:
„Mami, je Bůh teplej, nebo normální?"
To maminku poněkud zaskočilo,
nicméně odpověděla:
„Bůh je i normální, i teplej."
V tu chvíli se chlapci rozjasnila tvář:
*„Mami, takže Bůh je Michael
Jackson?!"*

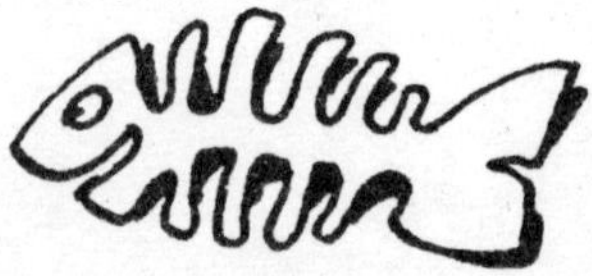

Neproháněj cizím perka, když seš sama stará herka!

KDYŽ VŠECHNY ŘEKY VEDOU DO MOŘE, TAK NEBUĎ DOLE, VŽDY BUĎ NAHOŘE

Mé horší já často propadá sebelítosti. Mé horší já si myslí, že je lepší než všichni ostatní, a že to všichni ti ostatní nedokáží ocenit. Tuhle (myslím, že to bylo v neděli) mé horší já způsobilo, že jsem měla mimořádně plačtivou náladu. Nic nemělo smysl. Rodina, práce, děti, měla jsem suchou pleť, tlustší boky než obvykle, začínala se u mě zřetelně projevovat artróza kolen a cítila jsem, jak můj mozek hlasitě ukrajuje Alzheimer.

Bylo mi prostě hrozně a venku bylo

hrozně, a vtom mi maminka přinesla dopis. Byl od dvacetileté slečny, byl moc přátelský, ale smutný, a chtěla po mně radu, jak se zbavit nálady zhruba tak hnusné, jakou jsem měla zrovna já.

A tak, přestože to jinak nedělám, jsem se rozhodla zareagovat, a protože mi napsala telefon, tak jsem jí hned zavolala... Vzala to nějaká paní.

„*Tady je Halina Pawlowská! Je doma Zuzanka?*" zeptala jsem se.

„*Ne. Ale já jsem její matka. Co jí chcete?*"

„*No... já jsem totiž od ní dostala dopis...*"

„*Ale z toho si nic nedělejte,*" přerušila mne matka. „*To ona Zuzka pořád píše nějakým šaškům z televize!*"

NEBUĎTE ŽIVI JEN PRACÍ, KDYŽ Z NÍ VAŠE DĚTI ZVRACÍ!

Na horách jsem začala kariéru jako uklízečka a jako uklízečka jsem musela uklidit celou kuchyň. Musela jsem jít koupit hadry, kbelíky, koště... Z hřbetu hory jsem proto sjela do samoobsluhy v údolí. Bylo tam narváno a jen jedna pokladna v provozu. S hrůzou jsem zjistila, že se už stmívá a že mi nahoru ujede autobus a že budu muset hledat cestu zpátky za tmy. Vynervovalo mě to a začala jsem hledat vinu jinde. Začala jsem se rozčilovat, proč v obchodě nefungují pokladny tři... Nadávala jsem... a pak jsem konečně přišla na řadu a zeptala se kluka u pokladny:

„Jak dlouho mi to asi bude trvat na Pražskou boudu?“

A kluk se podíval na mne, pak na můj smeták a pak řekl:

„No, při tomhle větru tam budete cobydup!“

To mi připomíná syna. Jednou jsme na chalupě čekali návštěvu. Můj producent s rodinou měl přijet, a já se chtěla předvést, jak to mám na chalupě krásné a taky uklizené. A tak jsem dceři a synovi nařídila, aby si konečně udělali pořádek ve svých pokojích. Měli tam samozřejmě bordel. Ale zdálo se jim, že je to úplně v pohodě.

Pozorně jsem sledovala jejich ležérnost a nevydržela jsem a řvala jsem, že jsou horší než hospodářská zvířata a ať táhnou do vepřína. Děti jsem šokovala svou prudkostí. Pochopily, že to myslím vážně, a začaly se dokonce i snažit. A tak se stalo, že jsem před domem za chvilku narazila na syna a ten se shýbl pro koště a řekl:

„Můžu si to na chvíli půjčit, nebo se zrovna někam chystáš?"

VŠECHNO MI DEJ, AŤ JE TI HEJ!

Musím se přiznat, mé horší já není schopno vrátit půjčené knihy. Jeden můj kamarád mi knihy nejdřív půjčoval, ale pak se začal zlobit. A když jsem po něm chtěla další román, tak mi řekl:

„Ale já ti přece tu knihu nemůžu půjčit, když je nevracíš?!"

A já na to dost naštvaně odsekla:

„No tak víš co, tak mi tu knížku prostě dej!"

Tuhle jsem právě u tohoto mého kamaráda byla na návštěvě. A on na tom asi nebyl psychicky nejlíp. Stála jsem totiž u jeho knihovny, ani jsem nic nechtěla, jen jsem se dívala na hřbety knížek, a on mi najednou úplně chladně řekl:

„Hele, jestli chceš, tak si je klidně všechny odnes!"

NEMARNI HODINY SE ČLENY RODINY!

Má kamarádka Radka se občas přestává ovládat. Zvlášť se neovládá, když se jí její manžel pořád na něco ptá. Třeba:

„Je tu něco k jídlu?“

„Jo.“

„Kde?“

„V kuchyni!“

„A kde?“

„V lednici.“

„A co si k tomu mám vzít?“

„Rohlík!“

A tuhle se mi telefonem svěřovala, jak se bojí, aby ji manžel neopustil, že mu jen odsekává a je na něj zlá, a já jí moudře radila, aby se víc ovládala a byla tolerantní a trpělivá, a vzápětí se mne můj muž zeptal:

„Mám si vzít toho tuňáka?!“

„Jo!“ řekla jsem mu.

„A mám si ho otevřít?“ zeptal se mě.

„Jo!“

„A dát si ho na talíř?“

„Jo!“

„A ten talíř je kde?“ zeptal se můj muž.

A já se přestala ovládat a zavřískala jsem:

„Kde asi?! Běhá po verandě a před chvilkou se támhle opaloval!“

KDYŽ DOSPĚLA LENOST K MOZKU, UŽ JE POZDĚ NA RÁKOSKU!

Na konci pololetí mi psycholožka ukázala testy mého syna a z nich vyšly najevo určité skutečnosti. Já jsem pak Petra vychovávala:

„Víš, v čem je problém, Petí?“ řekla jsem mu. *„Ty se neumíš učit!“*

A Petr odsekl:

„Jak to můžeš vědět! Vždyť jsem to ještě nikdy nezkusil!“

UČTE SE OD DĚTÍ, POPELKY NELETÍ!

Shlédla jsem přednášku v televizi. Dynamická, ostrá matka řešila veřejně problém se svým dospělým synem. Vyčítal jí, že se z něj stal notorik a narkoman, protože ho v dětství omezovala. Nesměl chodit po sedmé večer z domu, pít bublinkovou limonádu, říkat sprostá slova. Byla jsem otřesena takovým mateřským přístupem a poměrně pyšně jsem své (odredované, opiercingované) dceři řekla:

*„Vidíš! To **jááá** jsem ti nikdy nic takového nezakazovala!“*

Dcera skoro nevzhlédla, tetovala si právě sama na nártu obrovského hada a řekla:

„Vždyť by ti to taky bylo houby platný!“

KDYŽ CHCEŠ DĚTI ZABÍT, DEJ JIM RADŠI NA BYT!

Má dcera mi nedávno večer svěřila problém. Řekla:

„Nedala bys mi čtyři stovky na úplně obyčejnou tlustou ošklivou bundu?“

„Ty chceš nosit úplně ošklivou bundu?“ překvapilo mě. *„Máš přece tak pěkný, drahý kabát!“*

„Ano,“ vysvětlovala trpělivě. *„Ale ten kabát má hrozně citlivou pokožku.* (Myslela látku.) *Tak citlivou, že když jdu kdekoliv a kdekoliv sedím a kdokoliv kolem jde a kouří, tak ty oharky lítají na mě a kabát mám samou díru, že jsem jak ohořelý cedník... Takže jsem si říkala, že je toho kabátu škoda, a že tu lacinou bundu bych nosila na ven!“*

„A ten kabát?“ zeptala jsem se opatrně.

„No... ten bych si nechala na doma!“

Natalka mi v poslední době svým výrazem připomíná mé horší já v pubertě.

Co – v pubertě?! Kdykoliv později. I teď! Ve chvílích, kdy je má mysl zatemněna citem. Nebo alespoň touhou po citu. Extatickým vzrušením z něčeho erotického, milostného, co snad přijde... Výraz toužebné dychtivosti, výraz, který vysloveně asociují psi, když se nedívají napravo nalevo a s vyplazeným jazykem se ženou za hárající fenou. Tak prostě s tímto výrazem se má dcera (v levné tlusté bundě) vrátila k ránu z nějakého nočního klubu. (Ve svém kabátě s choulostivou pokožkou by tam – a to soudím podle odéru, který z ní vycházel – chytla jako fakule.) Přesně s tímhle výrazem má dcera zaplula do své ložnice a s výrazem ještě o malinko blouznivějším se za chvilku vynořila a řekla mi:

„Jo, mami, a kdybych náhodou něco vykřikovala ze spaní, tak tomu nevěř!“

Má dcera po mně zdědila ležérní přístup ke studiu a nadšený ke společenským radovánkám. Tuhle jsem chtěla, aby mi řekla něco o tom, co bylo ve škole a kde byla s přáteli, a ona začala zaníceně hovořit a já si najednou uvědomila, že poslouchám věty typu:

„A pak tam přišli úplně opilí Holanďani a měli tři psy a byla s nimi jedna Dán-

ka, co už osm let žije sama v Jižní Americe, a ta nám vyprávěla, že člověk si na mordy zvykne, a vypila asi litr becherovky, ale pak nás přepadl nějaký idiot...“

A já jsem dceru zarazila:

„Počkej! Nemusíš mi říkat ***úplně všechno.*** *Stačí mi těch strašných věcí tak půlka...“*

A dcera trochu pohoršeně řekla:

„Ale já ti přece říkám ani ne čtvrtku, mami!“

NEZTRÁCEJTE ČAS S BLBOU SLEPICÍ, AŤ VÁM NEZMRZNE ÚSMĚV NA LÍCI!

Má kamarádka Otina má takový zvláštní zvyk. Její horší já totiž všechno ví. Na jakékoliv téma narazíte, zná to!

Jednou jsem ve Zverimexu uviděla zvláštní zvířátko. Byl to fenek. Měli v akváriu tři. Vypadal jako malá lasturka s velkýma ušima. Smažil se v písku pod bodovými světly. Byla jsem jím okouzlena. Zároveň jsem ale měla pocit, že to zvířátko trpí. Líčila jsem je kamarádce (Otce) a ta mi řekla, že když se mi tak líbí, ať si ho koupím. Že je moc přítulný a že se dá venčit jako pejsek. Řekla mi, že její známí ho měli a úplně normálně s tím fenkem chodili ven. Šla jsem zpátky do Zverimexu. Chtěla jsem si fenka koupit, chtěla jsem ho vyvést z toho pekla ven. Prodavač mi ale řekl, že s ním nemůžu ven, že bych ho teď (byl podzim) zabila. Že fenci potřebují minimálně 35 stupňů Celsia!

Rozčileně jsem šla za Otkou, proč ze mě dělá blbce, a Otka mi přemýšlivě řekla:

„Já ti vlastně zapomněla říct, že ti naši známí měli toho fenka, když byli služebně v Africe!“

P. S.: To je ale fakt. A je dojemné, že mu po hanácku říkali: *„Feníšku!“*

NEBOJTE SE FRUSTRACE! JE LEPŠÍ NEŽ KASTRACE!

Seděla jsem nedávno v čekárně u veterináře. Měla jsem s sebou našeho labradora Othella a vedle mne byla paní s kocourem, který se celý třásl rozrušením. Jeho panička mne nadchla. Kocourka uklidňovala takhle:

„Neboj se, Macínku, pan doktor je hodný. A když to bude bolet, tak ho prostě pokoušeš!“

Můj muž byl taky se psem na veterině. Šel se dohodnout, zda je vhodné nechat našeho Othella vykastrovat, aby se v něm potlačily jeho sexuální pudy a on byl doopravdy dobrý cvičený pes. Do čekárny přišel najednou nějaký hrozně nervózní pán a dost brutálně vykřikoval na sestru a chtěl předběhnout a byl velice neurvalý, a manžel toho měl najednou dost, vztyčil se a zařval:

„Pane! Je vám jasné, co tady v ordinaci čeká agresivní samce?!“

Pán to asi pochopil, protože se už na téhle veterinární stanici neukázal. Bohužel, můj muž už tam taky nechodí.

Když tam byl totiž s naším rozpustilým Othellem, co se každého snaží olíznout v obličeji, naposledy, tak ho paní doktorka zahlédla v čekárně, přestala se ovládat a na celou přeplněnou místnost nadšeně zvolala:

„Ááá, pan Pawlowski! Tak pojďte! Už se nemůžu dočkat, až se zase pomazlíme!“

Jsou to zatraceně dobré děti!

Nebylo mi dobře, byla zima, má pravá mandle byla evidentně hodně zanícená, mé průdušky přemýšlely, zda budou šimrat, škrábat, a časovaly se rafinovaně na ten správný okamžik vysílání, kdy se budu muset začít dusit. V tu chvíli na mě podrážděně zablikal můj mobil. Mnohem většími písmeny než obvykle (že by se mi to zdálo?!) mi přišla SMS:

„Ty nebereš telefon, když JÁ ti volám?!"

To mi nenapsal Bůh. To mi napsala dcera. A já hned padla do prachu na zem a poníženě jsem jí telefonovala, že jsem nemohla vzít sluchátko, když jsem byla před kamerou. A mé děťátko (kdesi v Pyrenejích) mi milostivě odpustilo, řeklo, že někdy přijede, a taky se mne zeptalo, že když se omylem napilo kontaminované vody, jestli jí bude špatně... V té chvíli se mi vybavilo, jak jsme s manželem před jednadvaceti lety váhali, zda si máme pořídit dítě, nebo psa.

A tehdy nám kamarádi přinesli seznam, proč je zvíře výhodnější. Protože:

1. když ho vypravujete v zimě na procházku, tak vám to netrvá hodinu,

2. neodmítá odpoledne spát,

3. nevadí mu hrášek umazaný od bramborové kaše,

4. nelže,

5. čistotě se naučí asi za tři měsíce,

6. nestydí se za vás, když si na veřejnosti zpíváte,

7. když se pes nepovede, tak nikdo neřekne, že za to můžou vaše geny!

A... to tehdy dodal můj muž:

„Za psa jste zodpovědní zhruba tak patnáct let, ale za dítě?! Třeba i osmdesát!“

Náš jezevčík Eda se dožil patnácti let. Kdykoliv jsme si vzali něco k jídlu, začal hystericky štěkat. Loudil, chtěl taky. Abychom měli klid, museli jsme se před ním zavírat. Jednou můj syn pustil Edu ke mně do pracovny.

„Co blbneš?“ naštvala jsem se. *„Vždyť tu mám oběd!“*

Syn Edu zas odvedl a já slyšela, jak ho uklidňuje:

„Ještě chvilku počkej, teď tam nemůžeš, máma by se v klidu nenažrala!“

Našemu labradoru Othellovi je šestnáct měsíců. Už jsme pro něj vyzkoušeli čtyři cvičitele. Pořád ale nedokážeme Othella venčit. Othello venčí nás! Proto když jsme byli na chalupě a já v mlze zahlédla vysokého psovoda, tak jsem synovi závistivě řekla:

„Podívej, jak ten chlap má ty labradory vycvičený. Nejenže mu jdou spořádaně u nohy. Ale oni dokonce udržují i pravidelné rozestupy!“

A syn se na mě nechápavě koukl a pak řekl:

„No... pána vidím. Ale ten nemá psy. Ten veze kolečko a na něm má dvě pneumatiky!“

Co chci tím vším říct? Že ať si pořídíte dítě, nebo psa, tak je to **změna!** A (to kdysi napsal jeden člen našeho literárního kroužku, u kterého jsme si nikdy nebyli jisti, jestli je génius, nebo blázen) **změna jakákoliv přinese cokoliv!**

P. S. 1: V Británii teď prožívají problém. Co se slepeckým psem Luckym? Prvního svého slepce totiž odvedl pod jedoucí rychlík. Druhého svedl z mola do oceánu a třetího opustil na nejrušnější křižovatce a sám odběhl do bezpečí. Co tedy teď s Luckym?

Vyřešil to Luckyho trenér. Řekl:

„Lucky je zatraceně dobrý slepecký pes. Jen si musí zopakovat základní poučky!“

P. S. 2: Když má dcera dostala nový cestovní pas, tak jsem jí moudře poradila:

„Měj ho vždycky tam, kde ho hned najdeš!“

„Jasně!“ řekla dcera, rozhlédla se po svém neuklizeném pokoji a... pak si pas položila na zem!

No... myslím, že Natalka je zatraceně dobrá dívka, že si jen občas potřebuje zopakovat některé základní poučky.

Jak přežít nedostatek romantiky

V romanticky rozverné náladě mi tuhle manžel pošeptal:
„Co já bych si jen bez tebe počal?"
Má odpověď ho uzemnila:
„Pral by sis sám!"

Sexuální touhou hnány hledejte si velikány!

NEBOJTE SE NĚMÝCH TVÁŘÍ, BOJTE SE TĚCH, CO SE JEN „TVÁŘÍ“!

Nedávno si má dcera pozvala domů svého vyvoleného. Snažili jsme se dceři situaci nezkazit. Bylo nám jasné, že je moc zamilovaná. Chtěla udělat dojem. Bohužel jsem ale vařila já a babička. Udělaly jsme sice asi čtyři chody, ale na dceřina přítele to nijak pozitivně nezapůsobilo. Jen uždiboval, ošíval se, nejistě koktal. Pak můj muž na stůl triumfálně položil tác s uzeným jazykem. Mladík zbledl.

„Ne, díky!“ řekl razantně. *„Ale já zásadně nejím nic, co mělo nějaké zvíře v hubě!“*

A manžel – bez mrknutí oka – chladně pravil:

„Fajn! Tak já vám usmažím vajíčka!"

Má dcera má nového chlapce. Tají ho před námi. Vodí ho domů až za tmy a pod rouškou tmy ho vyprovází domů. Místo toalety (to se jen dohadujeme) chlapec asi používá květináč. Včera k ránu hocha zahlédl náš syn.

„Jak vypadá?" ptala jsem se ho zvědavě.

A Petr po malé chvilce odpověděl:

„Jako by včera někoho zabil!"

Při jedné večerní procházce po pobřeží v Chorvatsku (asi v roce 1977 to bylo) se mně a mojí kamarádce dvořil cizinec v námořnickém obleku. Měl s sebou ještě jednoho mladšího kamaráda. Přijaly jsme jeho pozvání na skleničku do kavárny. Don Juan stále mluvil – s „amerikánským" přízvukem – chorvatsky, takže jsme mu rozuměly, a choval se světácky. Jeho přítel mu celou image trochu kazil, protože vůbec nemluvil, jen se stydlivě koukal před sebe na stůl. „Námořník" se nám představil jako Louis a jeho společník byl jeho bratr Fred. Po vypité skleničce jsme chtěly jít, ale „námořník" nás přemlouval, ať ještě zůstaneme, že zažijeme věci, že jeho přítel je výborný společník. Tu poprvé společník promluvil:

„*Prosím tě, pojď už domů,* ***tati!***“

JINÝM KOUKÁ POD SUKNĚ? TO JE LEPŠÍ NA PRKNĚ!

Můj otec byl velmi romantický. Uměl zpívat, vyznával dobrá vína a taky často dámám vyznával své city. Maminka pak napodobovala jeho flirtující projev. To prý bylo samé: Ťuťu a ňuňu a micicici. Maminka vždy chmurně podotýkala, že otec ji na veřejnosti nikterak takhle nevyznamenával, že jí jen říkal zlatko a taky jí jednou poslal k narozeninám kytici růží až z Francie. Na to jsem si vzpomněla, když jsem viděla svého kolegu, jak cestou domů kupuje orchideje.

„*Manželce?*“ zeptala jsem se.

Přikývl.

„*Něco jsi provedl?*“

A kolega Pavel řekl:

„*Ne. Preventivní údržba!*“

Maminka měla ctitele Andreje. Prý se s ním jednou líbala před domem a můj tatínek je zahlédl. To mě uchvátilo.

„A cos mu řekla, mami!“ dotírala jsem. *„Ty přece nikdy nelžeš!“*

Maminka jen na okamžik znejistěla: *„No... já jsem to tátovi prostě tak nějak* ***společensky zdůvodnila!“***

FLIRTUJ VŽDYCKY BEZE SVĚDKŮ, TAKT JE NUTNÝ, CHTIVÝ DĚDKU!

Jeden z mých strýců byl ještě větší proutník než tatínek. Byl dirigentem komorního orchestru. Teta na něj moc žárlila. Jednou v neděli se strýc vymlouval, že nebude obědvat a že nepřijde ani na večeři, protože mají s orchestrem před koncertem a on má velmi důležitou zkoušku s harfenistkou. Strýci trochu příliš plály uši, a tak slovo harfenistka v tetičce vzbudilo ty nejhorší představy. Když byl večer, asi v devět, rozhodla se rázně jednat. Šla do zkušebny. Strýček tam opravdu byl. Harfa taky. Opřená o zeď. A opřená o zeď byla i harfenistka. Ve chvíli nejvášnivější strýc uviděl tetinu rozzuřenou tvář. Odskočil od slečny na dva metry a zděšeně křičel:

„Jaruško! Jaruško! Já ti nejsem nevěrný. Já tě ***šetřím!“***

NEBUĎTE BROUKY PYTLÍKY, SVĚT POŘÁD ČEKÁ NA ČILÉ PROUTNÍKY!

Moji příbuzní v Německu se rozhodli oslavit osmdesátiny jiného strýce – Karla – velkolepě. Pozvali celou rodinu do stuttgartské vyhlášené mexické restaurace. Vrchní nás tam uctivě uvedl k dlouhému stolu a teta Máňa mu připomněla, že její manžel má jubileum. Pak jsme se začetli do jídelního lístku a mezitím z kuchyně vyšlo asi pět servírek a jeden číšník. Všichni měli pestré mexické kroje, mávali mexickými tanečními hůlkami a klepali do tamburín. Vrtěli se, kroutili se a metali kozelce kolem našeho stolu a čtvrt hodiny předváděli velmi složitý národní tanec. Pak (po frenetické piruetě) nejhezčí servírka udělala pukrle a zadýchaně řekla:

„Tak! Který z vás je oslavenec?“

„Není tady,“ řekl můj otec suše. *„Šel na záchod!“*

Má velmi romantická přítelkyně Jana se stěhovala. Byla plná lásky a se svým milým chtěla hlavně byt s nejkrásnějším výhledem. Konečně takový dům našli. A pak přítelkyně stála se svou láskou na terase a říkala:

„To vůbec nevadí, že odtud nevidíme

Hradčany! Jinak je tu celá Praha jak na dlani. A támhleta světla svítí nádherně jako hvězdy! Co to vůbec je?"

A její drahoušek si odkašlal a pravil: *„Pankrácká věznice!"*

Nedávno jsem si vzpomněla, jak jsem jela se svým milým na rekreační chatu ROH, jak jsem se koupala, voněla a asi osmsetkrát telefonovala správci, aby nám určitě rezervoval pokoj s nejlepší vyhlídkou. Pak jsme se (byla noc a tma) v tom pokoji s vyhlídkou s mým milým ubytovali a já zjistila, že v něm není manželské lože, ale **palandy!**

Vybavilo se mi taky, jak jsem kamaráda nutila, aby snědl asi kilo hlávkového salátu, protože mi přítelkyně prozradila, že to zaručeně podporuje sexuální apetit, a taky dobře vím o noci, kdy jsem spala s pomerančem, do kterého jsem předtím napíchala 999 dírek špendlíkem, v podpaží a pak toto „ovoce pokušení" předala chlapci, který měl být stoprocentně můj, kdyby ten pomeranč okamžitě snědl. Ale on ho nesnědl a nikdy nebyl můj.

Taky jsem před sebou viděla scénu z bulharské pláže, kdy jsme já a moje kamarádka chtěly být úžasné a krásné a svůdné, až se vrátíme do Čech za „našimi kluky", a proto jsme chtěly být opálené i tam, kde má slušná žena horní díl plavek. Styděly jsme se ale. Pořád se u nás zastavovali prodavači zmrzliny, limonády, šátků i melounů. Nejvíc nás otravoval kluk, který rozdával letáky do nějakého nočního klubu. Drze na nás zíral a já nevydržela ten nestoudný pohled, vyrvala jsem mu dva letáky (o rozměrech asi 13 x 7 centimetrů) a ty jsem si položila na ňadra. Byla jsem sama sebou nadšená. Jak chytrá horákyně – ani nahá, ani oblečená. Byla jsem sebou nadšená přesně do okamžiku, než jsem zjistila, jak se ten noční klub jmenuje. Na papírech – hrdě čelem ke všem – svítil název diskotéky: GIGANT!

A proto mám pro vás dnes lehce obscénní radu:

Sexuální touhou hnány,
hledejte si velikány!

Když jsem poprvé letěla do Tanzanie, byla jsem dychtivá, ustrašená a romantická. O romantiku jsem trochu přišla už v letadle. Musela jsem tam totiž vyplnit dotazník. Velice komplikovaný byl ten formulář. Musela jsem napsat detaily o sobě, manželovi, mámě, tátovi, jejich mámě a tátovi, o jejich sourozencích (dohromady jich měli 19), o jejich dětech, musela jsem vyplnit spoustu údajů o tchyni, tchánovi, švagrové, svém šéfovi, svém vzdělání, svých plánech, svých cílech a všech svých zavazadlech... Byla jsem vyřízená. Přesto jsem dostala záchvat smíchu. Úplně poslední kolonka v dotazníku totiž obsahovala prostou otázku:

„Umíte číst a psát?“

CHCETE BÝT VYSOKÁ, CHYTRÁ A ZTEPILÁ? VEMTE SI MALÉHO, TLUSTÉHO DEBILA!

Právě jsem dopisovala tuto knížku, když jsem si připadala velice opuštěně. Přitiskla jsem se proto k manželovi a řekla mu:

„Pojď! Utečeme spolu!“

A můj muž na mě docela chladně pohlédl a řekl:

„To jsme udělali už před šestadvaceti lety. A vidíš... takhle to dopadlo!“

Včera jsme s mým producentem hovořili o našem novém televizním pořadu. Taky jsme si vyprávěli anekdoty. Můj producent je už dlouho ženatý, na romantiku si moc nepotrpí. A to je asi důvod, proč se při tomhle vtipu zajíkal smíchy:

„*Moje žena slaví zítra svátek,*" říká muž prodavačce v papírnictví. „*Rád bych jí koupil tohle pero s keramickým hrotem.*"

„*Pěkný dárek,*" pochválí ho prodavačka. „*Bude to pro ženu takové malé překvapení, viďte?*"

„*Ano, to bude,*" souhlasí muž. „*Myslí si, že dostane auto.*"

O mých nejbližších a jiných zvířatech

Pondělí: Právě mi poslal SMS výtvarník Bořek Šípek a zeptal se mě, zda bych nepřišla do jeho thajské restaurace a nepřevzala od něj dar, ke kterému ho inspirovala jeho účast v „Banánových rybičkách"... Jedu tam a beru s sebou našeho známého Holanďana, který nemůže pochopit, proč si české děti hrají kruté hry typu: *na slepou bábu, chodí pešek okolo a každého bouchne a krvavé koleno...* U Bořka Šípka je dost lidí, taky tam točí televize a fotí reportéři.

Dar od Bořka Šípka je váza. Veliká asi metr s uchem ve tvaru ryby a s trupem, který má dvě polokoule, co připomínají mocná ňadra i s bradavkami. Výtvarník vázu slavnostně odhaluje. Fotograf s mastnými vlasy ztrácí rovnováhu a padá. Přímo na křehký dárek. Na podlaze se válí hromada střepů. Odštíplá skleněná prsa se smutně kutálejí daleko pod stůl. Žasnu. Fotograf až v teatrálním zděšení tiskne dlaně na tvář. Pak se narovná. Je to nadšený Štefan Margita! Jsem právě natáčená do pořadu „Hogo Fogo". Jedu domů.

Z vázy si vezu jen uraženou rybu – ucho. Můj holandský průvodce si myslí, že v Čechách si krutě hrají i dospělí.

„Jaká byla tvoje nejoblíbenější hračka?“ ptám se pak manžela.

„Hračka?! No... já jsem chytal mouchy a pak jsem jim trhal křidýlka!“

Úterý: Syn dostal ze slohu čtyřku. Paní profesorce se nelíbil synův závěr. Petr na konci úvahy o optimismu napsal:

„Na tváři chmury se jen zračí. Jsme lidé?! Nebo jen trus ptačí?!“

Středa: Náš labrador Othello ukradl máslo. Celou čtvrtku snědl i se staniolem. Muž se naštval.

„Ten pes je schopen sežrat všechno!“ Pak na mě vyčítavě koukl a dodal: *„Ten je taky po TOBĚ!“*

Čtvrtek: Byli jsme v divadle. Vzal nás tam s dcerou jeden velmi významný režisér. Přišli jsme na poslední chvíli, šťastně jsem usedla, když vtom jsem zaslechla, jak dcera režisérovi naléhavě šeptá:

„Kupte mi to! Kupte mi to!“ A když režisér nevěděl, co má koupit, tak dcera netrpělivě ukázala na uvaděčku s divadelním programem a řekla:

„No... ***to!*** *Ten jídelní lístek, na kterém nabízejí herce!“*

Pátek: Jsme se psem a Petrem v parku na procházce. Dívám se zasněně na modré nebe. Letadlo na něm kreslí bílé čáry.

„Kam asi tak letí?!“ ptám se.

„Na letiště!“ řekne můj syn.

Sobota: V obýváku jsou bobky. Bobky jsou i v hale. I v ložnici. A tam je – potkan! Velký jako krabice od kozaček. Zděšeně jsem zavolala na hygienickou stanici. Hovořila se mnou milá dáma. Nechala si vysvětlit, že jsme v centru Prahy a bydlíme ve čtvrtém patře. Pak se, když jsem naléhala, co se bude s potkanem dělat, zeptala:

„Máte vzduchovku?“ A když jsem odpověděla: *„Ne!“*, tak řekla: *„Tak to vás lituju!“*

Neděle: Manžel si vzal potápěčský oblek, přezkáče, pracovní rukavice, kapuci a lyžařské brýle. Potkana zahnal lopatou až ke sklepu. Já si mezitím ujasnila radu:

Při současném počtu krys ve střehu buď jako rys!

Pondělí: Přišla mi SMS od Bořka Šípka: *„Předrahá Halino! Vaše kozy jsou u mě!“*

S rodinou na dovolené a jiné katastrofy

Odjeli jsme. S mámou („babičkou“, 81 let), s tetou Jitkou (76), s mužem (46), synem (15) a Othellem (labradorským retrívrem, 8 měsíců). Odjeli jsme v naději, že se potkáme s naší dcerou (20), která z Francie dorazí do Itálie. Odjeli jsme ve středu. Syn chtěl vzít s sebou televizi. Muž nechtěl. Když jsme ujeli asi 50 kilometrů od Prahy, tak muž kapituloval a vrátili jsme se. Muž mi pak dal televizi pod sedadlo, protože já jsem mohla za to, že z našeho syna vyrostl náročný spratek. O půlnoci jsme byli v Tyrolských Alpách. Zavolala jsem na číslo, co mi dala kamarádka, aby nás ubytovali. Na záznamníku mi veselý hlas řekl, že nás ubytují, ale že je už všechen personál doma a že klíč máme v květináči před hotelem. Nevěděli jsme ale, jak se hotel jmenuje ani v jakém je městě, a proto jsme přespali na parkovišti. Lilo. Babička si vzpomněla, že lilo stejně za války v dubnu, když umřel bratr dědečka. Tehdy všechny děti při pohřební hostině dostaly úlomky čokolády a jejich tatínek měl ve svých světlemodrých očích lesklé slzy. Babička i teta se rozplakaly.

Pak jsme jeli slunnou Itálií. Babičce bylo špatně čtyřikrát. Othellovi sedmkrát. Syn si vzal můj mobil, protože si u toho svého zapomněl v Česku aktivovat roaming, čekal důležitou zprávu od spolužačky. Vedro tetě připomnělo strýčka Pepu. Strýc byl holubář. Umřel v parném červenci na cukrovku. Svalil se v kuchyni z gauče a ten den mu symbolicky uletěli všichni bílí holubi. Teta i babička se rozplakaly.

Pak jsme už byli na místě. Babička řekla, že naše chalupa je pohodlnější než italská vila, a můj muž zjistil, že k televizi zapomněl dálkový ovladač a že bez něj nedokáže televizi ovládat. Rozplakal se.

Večeřeli jsme v místní restauraci. Přišel k nám moc milý kuchař a Othellovi hodil asi půl kila uzeného masa. Pár plátků se zachytilo na olivovníku. A Othello si začal myslet, že na každém křoví roste šunka. Když šel pozdě v noci hledat nějaký lahodný „šunkovník", zaběhl se... Syn moc plakal.

Dcera volala. Její chlapec havaroval s jejím automobilem. Oba byli nepojízdní a dcera do telefonu hlasitě plakala.

Pak se v hospodě slavilo. Všichni pili citronový likér. Teta si vzpomněla, že stejný likér měl moc rád její bratranec, který se zabil před čtyřiceti lety, když mu bylo pětadvacet, a teta plakala.

Babička si vzpomněla, že náš dědeček pil rád všechno, a plakala taky.

Pak mě volala přítelkyně. Řekla mi, že další naše přítelkyně má rakovinu, a babička s tetou si uvědomily, že i ony mají rakovinu, a plakaly moc.

Pak byla neděle a mně přišla SMS:

„Halino! Umřel Vojta a nikomu to neříkej!"

Nevěděla jsem, jaký Vojta. Nevěděla jsem, komu to nemám říkat. Věděla jsem jen, že obzor na moři vypadá krásně, a že když k němu dopluju, tak neuslyším žádná temná slova a nebude mne čekat temná budoucnost. A tak jsem plavala. Jenže... Othello se našel. A náhle se v něm probudil reflex vrozený všem labradorům, kteří kdysi z vln vytahovali sítě plné ryb i topící se námořníky, skočil do vody a zachránil mě. Vytáhl mě z moře za ucho. Plakala jsem.

No... a co bych vám tak řekla pozitivního?! Že van Gogh taky neměl ucho, Michael Jackson nemá nos a mě čeká ještě plných 17 dní zasloužené dovolené.

Jak přežít obavy a strach

Ze zoologické zahrady ve francouzském Štrasburku uprchl šimpanz Pierrot. Vnikl do restaurace, kde vypil několik lahví piva. Pak se vrhl na devatenáctiletého kuchaře Daniela Mehoua a ukousl mu tři prsty.

Milujte se a množte se, streptokok to unese!

NOVÝCH LÁSEK VŠUDE SPOUSTA, DEJTE POZOR NA VELKÁ SOUSTA!

Existuje hodně druhů strachu. **Pogonofobie** – to je hrůza z vousů – nebo **lyssofobie** – to je strach před nákazou vzteklinou – a každé ráno před zrcadlem mě zachvátí **optofobie.** To je totiž hrůza otevřít oči.

Jeden z dost běžných děsů je **arachnofobie.** Tu mám jistě. Pavouků se bojím hrozně. I když teď už míň než dřív. (Na to upozorňuji proto, že kdyby mi dneska někdo poslal „z lásky“ v dopise pavouka, ať už si od toho zas tolik neslibuje!) Jednou jsem byla s kamarádkou, která měla stejnou hrůzu z pavouků jako já, u nich na chatě. Šárka tam tehdy v kůlně sekala dříví a já si najednou všimla, že jí na vlasech sedí obrovský pavouk. Vytřeštila jsem oči a zařvala jsem. Šárka se taky vyděsila:

„Co je?!“

„Papapavouk...,“ blekotala a prchala jsem pryč.

Šárka zbledla na smrt: *„Kde ho mám?!“* a běžela za mnou. Se sekyrou v ruce mě kolem chalupy honila asi deset minut. Pak ji rozrušení sousedi chytli, protože si mysleli, že mne chce zabít.

Kdysi si můj muž plánoval, jak se mne zbavit, aby na to nikdo nepřišel. Vymyslel tuhle verzi: Přikurtoval by mne na řetízkový kolotoč, do pusy by mi místo roubíku strčil tlustý kus syrového celeru, do vlasů by mi zamotal netopýra a zavázal by mi dlaně a do nich (pod obvaz) by mi strčil dva pavouky. Pak by řetízák pustil na plnou rychlost a pak bych, podle jeho nejideálnějších představ, byla do dvou minut mrtvá!

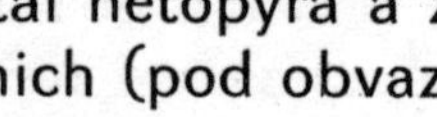

ODBLOKUJ SI MOBIL, AŤ NEJSI JAK DEBIL!

Když jsem poprvé přijela do Londýna, tak si nás na letišti vyzvedla průvodkyně. Mluvila česky s roztomilým přízvukem. Jela s námi v mikrobusu a říkala, co nás na zájezdě všechno úžasného čeká. Náhle se odmlčela a vyhrkla:

„Taky se u vás mrtvým před pohřbením do země přeřezávají tepny?"

Šokovalo nás to. Pak vyšlo najevo, že v Anglii právě propukla další vlna panického strachu před pohřbením v pouhém bezvědomí. Tahle fobie ovládla Evropu i Ameriku v minulém století, a v Londýně byl dokonce založen Spolek pro prevenci pohřbívání zaživa. Ten vydával příručky, jak tomu zabránit, a v brožuře byly návody, co v takové „nepříjemné" situaci dělat.

Nedávno se na jednom londýnském hřbitově pořád ozývala z útrob země paradoxně Beethovenova „Óda na radost". Nikdo na ten hřbitov nechtěl jít, přestal tam i zastavovat autobus a lidé v okolí hřbitova nechtěli ani bydlet. Po „Ódě na radost" se proto pátralo. Přišlo se na to, že posledním pohřbeným byl jeden velmi úspěšný obchodník s alkoholem. A když zemřel náhle na infarkt, tak měl na sobě oblek a v kapse saka mobil. A právě na ten mobil (s navoleným tónem Beethovenovy skladby) pořád zoufale telefonoval nebožtíkovi zahraniční partner.

Má londýnská kamarádka Libuška šla nedávno za někým významným do hotelu Ritz. Vstoupila do výtahu, ale než se výtah stačil rozjet, vtrhl tam za ní obrovský černoch. Zavelel: *„Down!“* (Lehni!)

Líba (je čas teroristických útoků) se okamžitě vrhla na zem a až tam jí došlo, že černé monstrum oslovilo maličkého yorkshiráčka. Monstrum byl zpěvák Lionel Ritchie, incident považoval za nejlepší gag svého života a Líbě zaplatil jako odškodné sedm luxusních večeří.

Strach je často na obtíž nejen tomu, kdo se bojí, ale i jeho okolí. Já jsem jednou děsně obtěžovala v letadle. Byly silné turbulence. Tehdy jsem pořád chytala za ruku stevarda a chtěla jsem víc vína a víc pozornosti a zase víc vína a taky prášky a pak jsem se na toho stevarda pověsila a se slzami v očích zanaříkala:

„Já se tak strašně bojím!“

A letadlo se zrovna zatřáslo jako blázen a stevard mi tiše řekl:

„Já taky!“

KDYŽ MÁŠ POD ČEPICÍ, TAK JDI ZA OPICÍ!

V Africe jsem se bála všeho a všech. A právě strach mě tam jednou vybičoval k šíleným metám. To bylo tehdy, když jsem v Tanzanii upadla a zlomila si nohu. Všichni se radili, co se mnou. A pak mi řekli, že mne posadí do **helikoptéry** a jeden **Tanzanec** mne tou helikoptérou dopraví do **Keni.** Tam si mne někdo z **Keňanů** vyzvedne a odveze mne do keňské nemocnice a tam mi nohu asi budou operovat...

Helikoptéra! Tanzanec! Keňan! Nemocnice! Operace! Když jsem si tohle zrekapitulovala, tak mi obě zlomené kosti – lýtková i holenní – okamžitě srostly hrůzou!

Moje kamarádka Šárka byla jednou strachem paralyzována v New Yorku. Už tam nějakou dobu bydlela a věděla, že se člověk v zájmu své bezpečnosti musí vyhýbat určitým místům...

Poctivě se těm místům vyhýbala, ale pak šla z divadla a udělala osudovou chybu. Špatně nastoupila do metra a najednou se ocitla v Bronxu. Byla na konečné a musela vyjít ven a pak dalším obludným podchodem sejít zase zpátky dolů, aby vůbec mohla odjet opačným směrem. Byla noc, na chodníku plály ohně, jak bezdomovci pálili, co vůkol bylo. Všude byla podezřelá individua, do Šárky strkala, civěla na ni a všechna na Šárku (evidentně majetnou blondýnku) chtivě, divě a divně koukala...

Šárka ochrnula. Stála jako solný sloup. Nemohla udělat ani krok. Pod paží ji náhle vzala silná stará černoška, přitiskla Šárku k sobě a převedla ji na druhou stranu. Neochvějně – s autoritou všech supermatek světa – ji provedla kolem výrostků (troublemakers), pak s ní sešmajdala podchodem, beze slova s ní počkala na vlak, šoupla ji do vagonu a suše řekla:

„A alou domů!“

Hrozně mě zaujalo, že podle nejnovějších výzkumů je strach v mozku kontrolován dvěma uzly neuronů. Ty jsou uloženy za ušima a mají prý tvar mandle a velikost hrášku. Kdyby se uzliny u člověka odstranily, tak by člověk strach ztratil. Ztratil by tím ale i pud sebezáchovy. To se už dokázalo při pokusech s krysami. Krysy bez uzlů začaly totiž klidně koketovat i s kočkami a... a teď si to představte! Jak by člověk úplně zbavený strachu klidně kamarádil s nějakou krysou! A z toho logicky vyplývá rada, která se týká úplně všech!

Bojte se a třeste se,
hnusných tvorů střezte se!

Jeden z Murphyho zákonů říká: *„Hrozný konec je vždycky lepší než prožívat hrůzu bez konce!“*

Spisovatelka Gertruda Steinová řekla: *„Život je tak strašně nebezpečný, že vlastně vůbec není důvod se něčeho bát.“*

A mistr hororu Alfred Hitchcock řekl: *„Není nic krásnějšího než děsit lidi za peníze.“*

Já jsem se jednou ptala otce, jestli se on něčeho doopravdy bojí. Táta nechtěl filozofovat o tom, že má strach z lidské zášti, závisti, hlouposti. Mou otázku pochopil prostě a prostě odpověděl:

„Ne. Nebojím. Ale vždycky když jdu spát, tak se jen tak pro jistotu kouknu pod postel!“

Zcela bez nervů

Ráno jsem vstala a nějak to nebylo ono. Jako by mi levou nohu táhlo něco úmorného jiným směrem, než byla zvyklá. Pak jsem šla na záchod (ach, bože, kolik dramatických situací jsem už tady prožila!), a když jsem chtěla vstát, tak mým tělem projela stejná bolest, jako když jsem před pětadvaceti lety byla u zubaře a on mi při plombování zajel vrtačkou přímo do nervu. Tehdy jsem se zvedla ze zubařského křesla asi o půl metru, dnes jsem vylítla z toalety s výrazem zastřelené (ne střelené, ale definitivně skolené) srny, vběhla jsem zpátky do postele a po zhruba deseti minutách zmítání se a hledání „úlevné" polohy, po deseti minutách, kdy jsem pochopila, že bezbolestnou pozici nenajdu, jsem začala hlasitě plakat. Nepláču hlasitě moc často. S výjimkou dvou pohřbů a několika nocí s pocitem ztracené lásky.

Mé slzy mou maminku vybičovaly k činům. Okamžitě zavolala naší obvodní lékařce a rozvzlykala se do sluchátka. Štkala do telefonu, jak moc mě to bolí, a řekla lékařce, že tu mou bolest asi nevydrží a umře.

Pak za mnou přišla dcera a řekla:

„To tě to fakt tak bolí?!"

A když jsem přikývla, tak se zachmuřila a řekla:

„To měl muzikant Kurt Cobain, a tak se raději zabil..."

Už jsem neplakala. Vyla jsem. Dcera proto chlácholivě dodala:

„Ale ty se nemusíš zabít! Vždyť to je jenom nerv a ten ti když tak uříznou!"

Maminka došla k závěru, že potřebuju nutně vypít hodně tekutin. Přinesla mi kávu. Nedokázala jsem se natočit tak, abych se napila, maminka kreativně přiběhla s brčkem a nutila mne, abych se kávy okamžitě napila. Zkusila jsem to. Káva byla vřelá. Tak vřelá, že se brčko roztavilo a žhavá tekutina mi spálila prsa.

No... a pak jsem byla v nemocnici. Čekala jsem na ortel. Viděla jsem v duchu film s Woodym Allenem a slyšela jeho slova:

„Máte nádor a nejde to operovat!"

A pak sestra, která snad četla mé myšlenky, shrnula:

„Člověk je někdy vděčný i za tu vyhřezlou plotýnku..."

A pak přišel pan doktor, stejně krásný, jako byl před třiceti lety, kdy jsme chodili do stejné školy, a jemně mi řekl, že ne všichni lidé s nálezem, jaký mám já, skončí na operačním stole... To jedině že by mi vyloženě snad zchromla noha...

Má noha má zchromlý pouze kus chodidla a tři prsty. Optimisticky proto doufám, že pana doktora, s kterým jsem chodila do školy, zas dlouho neuvidím...

Doufám taky, že už brzy budu chodit sama na oslavy a večírky, kam dostávám pozvánky, i když mám vynikající náhradníky, u kterých si nejvíc cením, že se nikde nikým nedají koupit a že vždycky píší pravdu!

P. S. 1: I když... ta paní doktorka, která řekla mé přítelkyni s pozitivním onkologickým nálezem: *„Když to přežijete...“*, mohla trošku, malinko, lehounce, veseleji **lhát!!!**

P. S. 2: Omlouvám se za zbytečně zdlouhavý a nudný popis svých chorob. Ale holt – když mi zchromla noha, tak mi zchromnul i mozek... Nebo aspoň na tři prsty...

Jak přežít svody

Muž a žena se po vášnivé noci velice neradi loučí. Muž proto navrhne:
„Víš co, půjdu k vám a požádám o tvou ruku!“
A žena jemně řekne:
„To není dobrý nápad, miláčku. Manžel by zuřil a děti by se smály...“

Chytré holky neletí už po celá staletí!

LÁSKA PROCHÁZÍ ŽALUDKEM, I KDYŽ NEŽIJEŠ S DOBYTKEM!

Když člověk řekne slovo **svody,** asi se většině vybaví nějaká krasavice, krasavec, sex. Mně – klidně to řeknu – se vybaví jídlo! Hory jídla! Kamarádka tuhle na chalupě (má ji blízko nás) mi nabídla grilované maso. Řekla jsem jí, že nemám hlad, a ona na to:

„Takže ty si nic nedáš?!"

A já na to:

„Řekla jsem jen, že nemám hlad, ale **samozřejmě** *že si dám! Chuť mám přece pořád!"*

To mi připomnělo historku, jak se jeden japonský lupič vloupal do bytu v centru Tokia. Bylo tehdy děsné vedro a jemu bylo takové horko, že místo aby v tichosti kradl, tak šel do kuchyně a vypil na ex dvě piva. Tím probudil majitele bytu, ten ho knokautoval a při výslechu na policii se zločinec přiznal, že když zahlédl ledničku, tak najednou úplně zapomněl, co vlastně chtěl...

Má kamarádka Otka si pořád stěžovala, že po ní manžel i děti neustále vyžadují teplé jídlo. Snídani, oběd, večeři. Jednou se na ně rozkřikla:

„Nedělám nic jinýho, než vařím! Už toho mám dost!“

Všichni se na ni překvapeně podívali, ale nikdo se neodvážil nic říct. Večeře proběhla ve stylu: „Sněz, co najdeš!“

Pak Otka ležela v posteli a její muž David si ji chtěl udobřit. Tiše jí zašeptal:

„Mám tě rád!“

Otka ale (po letech soužití a chmurných zkušeností) rozuměla „Já mám hlad!“. Vymrštila se asi metr nad matraci a hystericky zařvala:

„Už zase to žrádlo!“

ODPUSŤTE RODIČŮM NAVŽDYCKY, ŽE VÁS TÝRALI PSYCHICKY!

Když mi bylo asi osm a už už se mi začala jakžtakž dělat prsa, tak mi chtěla maminka udělat radost a koupila mi dvoudílné plavky. Chtěla jsem si je hned vyzkoušet, ale protože nebylo léto, tak mi maminka napustila vodu do vany a já tam „plavala“!

Bylo to příjemné. Do okamžiku, kdy máma přivolala naše sousedky. Bylo jich asi šest. Nacpaly se do naší malé koupelny, stály nade mnou a povídaly si o mně, jako kdyby konverzovaly o nějaké nové věci do domácnosti. Strašně jsem se styděla, choulila jsem se ve vychladlé vodě a snažila se stát ve vaně neviditelnou (už tehdy neproveditelné!).

Má bezcitná matka mě takhle ukazovala, dokud jsem zimou nezmodrala. Pak mi řekla:

„To ses napředváděla, viď?!“

LEPŠÍ SEDĚT NĚKDE V PAJZLU, NEŽ SVOU LÁSKU HLEDAT V HAJZLU...

Omlouvám se za vulgárnost, ale syrovost tohoto příběhu jemnější přístup zcela převálcovala...

Dost otřesný zážitek ze svádění mi vyprávěla přítelkyně Jarka. Odjakživa byla zatížená na literaturu. Nejen že ji četla, ale taky hodně sama psala. (Chodily jsme spolu do literárního kroužku.)

No a pak se Jarka zamilovala a měla známost. Její milý Roman byl student stavební fakulty, a když ji ulovil, tak šel na rok povinně na vojnu. Byl tehdy odvelen až do Zvolena a Jarka mu tam dvakrát týdně psala dlouhé dopisy plné touhy, vášně, plánů i vzpomínek. A pak se Roman vrátil a chystala se svatba.

Jarka – snoubenka – se měla předvést budoucím „tchánům". Zvolili tehdy ideální prostředí pro seznámení – chatu Romanových rodičů v Posázaví. Krásný letní den! Sázava klokotala, tráva voněla... Jarka se rodičům líbila. Návštěva stoprocentně plnila účel. Až... až se Jarce chtělo na záchod. A tak jí ukázali kadibudku. Takovou tu klasickou. Dřevěnou, se srdíčkem.

Jarka spokojeně spočinula. Pak znervózněla a hledala papír. Neuviděla obvyklou roličku, uviděla krabici od bot naplněnou pečlivě nachystanými obdélníky popsaného papíru. Jarka po nich sáhla a strnula. Na papírku identifikovala své písmo! Na **všech** papírcích bylo její písmo.

A Jarce v šoku došlo, že zde v kadibudce leží všechny její milostné dopisy! A Jarce bylo okamžitě jasné, že přesně tohle odpovídá, na co je určena její láska. Na h...o! A Jarka z kadibudky uprchla s brekem. A navždy!

No... úplně navždy to nebylo. Romanovi ale trvalo asi dva měsíce, než si Jarku udobřil, Jarce trvalo mnohem dýl, než se vyrovnala s nemístnou zvědavostí a šetrností své tchyně. A dnes, když to občas v jejich manželství hekticky vře, tak Jarka vzdychne:

„Už tehdy bylo jasný, že skončím v p....i!“

POMALEJŠÍ, HODNÁ, DO MANŽELSTVÍ VHODNÁ!

To mě fakt šokovalo. Přečetla jsem si totiž, že skoro třetina žen (bez ohledu na věk) není schopna dosáhnout orgasmu. A fascinující je, že tahle „neschopnost“ přímo úměrně roste se vzděláním. Takže vysokoškolaček žije bez orgasmu skoro čtyřicet procent a středoškolaček necelých dvacet procent.

Hm. Začala jsem proto pátrat v dějinách a zjistila jsem, že významní muži si často (buď bezděčně, anebo naopak velice cíleně) jako své sexuální a většinou i životní družky vybírali ženy, které byly... jednoduše – taktně řečeno – hodně prosté!

Tak například **Goethova** žena byla tak prostá, že ji básník před všemi tajil. Nikdy s ní společně neseděl u stolu. On jedl v jídelně, ona v kuchyni. A tam ji taky schovával, když měli přijít hosté.

Profesor **Lichtenberg** byl univerzitní vědec. Ve čtyřiceti letech si nabrnkl dvanáctiletou květinářku. Pak (po její smrti) se zamiloval do třiadvacetileté prodavačky jahod. Té byl ale zanedlouho nevěrný se služkou svého domácího, nebylo jí ani osmnáct a pan domácí ji, když otěhotněla, vyhodil.

Marx měl poměr s Helenou Demuthovou. V Londýně dlouhou dobu vedla domácnost Marxovy rodiny. Následkem třídního porozumění byl syn. Marx se však bál přiznat své aristokratické, žárlivé ženě, a tak poprosil kamaráda Engelse. Ten prohlásil, že Freddy Demuth je jeho, a Marxe zachránil před zuřivostí manželky i tchána.

Básník **Heinrich Heine** byl proti autorovi Kapitálu neviňátko. Domů si přivedl prodavačku bot, ta neuměla číst ani psát, ale byla, a to psal Heine s láskou, *„baculatá, zemitá, věčně veselá"*. Měla podle Heineho jen jediný nešvar: *„kroutila tlustým zadkem s jinými"*. Heine totiž neuměl tančit a nesmírně žárlil, když se jeho milá tanci vášnivě oddávala.

Ještě víc mu ale vadil milenčin papoušek. Jmenoval se Cocotte a podle Heineho s ním jeho vyvolená příliš *„intimně laškovala"* a Heineho přitom ignorovala. Heine (aspoň se to tvrdí) se proto jednou neovládl, obstaral si jed na krysy a nebohého ptáka otrávil. Jeho přítelkyně plakala a plakala a plakala, a protože nebyla k utišení, tak se Heine sebral a... koupil nového papouška. Na bidýlku se pak naparoval Cocotte 2.

Takže co? Takže jsem si vzpomněla na svého kamaráda, který, když mi bylo asi patnáct let, řekl:

„Já se vždycky soustředím na holky, co ve společnosti mlčí. Ty jsou většinou nejhezčí. A to úplně stačí. A ony to vědí. Nemají proto důvod na sebe upozorňovat svou inteligencí."

P. S.: Takže veškerou svou bystrost soustřeďte na to, abyste byly krásné a... vypadaly hloupě! A to vůbec není lehké! (Zvlášť když chcete naplnit první část tohoto sdělení.)

Kdyby byl Bavorov... aneb Jasný důkaz o rozdílu pohlaví

Patnáct vět, které by ON nikdy neřekl

1. Promluvme si o tom, miláčku.

2. Ty nikdy nemůžeš mít dost kabelek!

3. Nemám v těch kalhotách tlustý zadek?

4. Žádná žena by neměla jít do postele s mužem, kterého poznala právě ten večer.

5. Při zpěvu Cher si mohu krásně snít.

6. Objednej mi, prosím, jen malý míchaný salát.

7. Sorry, tomu nerozumím!

8. Už jsem přemýšlel, co dáme tvým rodičům k Vánocům.

9. Nelíbí se mi, že ženy ve filmech s Jamesem Bondem ztělesňují jen sexuální objekty.

10. Samozřejmě že ti půjčím svůj mercedes.

11. Zabloudil jsem. Takže teď na chvilku zastavím a zeptám se na cestu.

12. Dnes se o špinavé prádlo postarám já.

13. Mohla bys, prosím tě, zaparkovat? Ta mezera je moc úzká.

14. Hned to spravím!

15. Vůbec nevím, co si mám vzít na sebe.

Patnáct vět, které by ONA nikdy neřekla

1. Jaká jsem byla?

2. Měl bys zase něco podniknout se svými kamarády.

3. Claudia Schifferová je nádherná žena.

4. To je fajn, že nám zapojili kabelovku a ty pořád můžeš sledovat Eurosport.

5. Nepotřebuji další pár černých bot. Už přece jedny černé lodičky mám.

6. Na mém těle se mi líbí úplně všechno.

7. Podívej se! Tamhleta slečna má stejné šaty jako já. Není to legrační náhoda?

8. Klidně mě přeruš, tu historku odvyprávíš určitě líp než já.

9. Mám nohy v teple.

10. Jean-Claude van Damme je fakt super herec!

11. Klidně zůstaň sedět – vše už jsem uvařila, tak mohu klidně umýt i nádobí.

12. Dej si své věci do té velké skříně, mně stačí ta malá.

13. Já se obejdu bez telefonu.

14. Zítra mám volno, co kdybychom šli na ryby?

15. Ach, dej mi konečně jako dárek něco hodně praktického...

Co k tomu dodat? Co říci, když jde o tak choulostivé téma mezilidských vztahů. Když jde o partnery, o flirt, o touhu, o hřích, o manželství a o toleranci.

Snad jen, že **říkat pravdu může každý blbec, ale ke lhaní aspoň špetku rozumu potřebujete...**

Jak přežít dobré úmysly

V les šel jsem. Jaro zpívalo.
A trávu svěží zdupali, když
hledali zde kvítí.
Vy zapomeňte, že zdupali jste
už leccos ve svém žití.

(Jaroslav Seifert)

Když si vás někdo neváží, zabte ho svojí tonáží!

VZHŮRU SMĚLE K VÝŠINÁM NAVZDORY VŠEM MRŠINÁM!

Mí rodiče to se mnou vždycky mysleli dobře. Maminka byla proto přesvědčená, že musím krasobruslit, zpívat ve sboru, hrát tenis, chodit do baletu, mít samé jedničky a hrát na piáno. Můj otec byl zase přesvědčen, že nejdůležitější pro mé dobro je, abych vydržela dlouho flámovat, hodně toho vypít a nedala si nikdy od nikoho poroučet. Směs jejich „Myslím to s tebou dobře!“ se odrazila na mně, a logicky proto hodně na mých dětech. Donutila jsem dceru, aby zpívala rok ve sboru, a syn hrál tři roky tenis. Vztah k alkoholu si má robátka našla sama! A... rozhodně si ode mě nedají v ničem poroučet!

Jednou mě (tak to se mnou mysleli dobře) kamarádi donutili, abych zkusila jet na koni. Já jsem **nechtěla** jet na koni, ale všichni tvrdili, že to prostě **musím** zkusit, a že pojedu na moc hodném koni.

Ten kůň byl **fakt** moc hodný. Kobyla to byla. Tak hodná, že asi po sto padesáti metrech ne jízdy, ale chůze se rozhodla, že si lehne. Nevěděla jsem, co mám dělat. Jen se mi matně vybavilo, že koně si na zem lehají pouze tehdy, když chtějí umřít... Kůň ale neumřel, jen se mu nechtělo mě nést. To mě až urazilo. Došťouchala jsem herku do stáje, a tam, když se mě nadšeně ptali: *„Jaký to bylo?“*, jsem jim relativně klidně odpověděla:

„Skoro takový, jak jsem si to představovala!“

Má sestřenice měla jako lékařka službu na ambulanci. Přivezli tam starší dámu. Přijela s ní její (taky poměrně dost letitá) sestra. Sestřenice vyplňovala protokol. Pacientka byla zklidněná léky, nevnímala, a sestřenice se proto ptala její příbuzné:

„Říkáte, že upadla. A víte proč?"
Dáma krajně znervózněla:
„Ne. A proč?"

Má dcera Natalka ve svých dvaceti vzala své dva malé bratrance a sestřenici na hřiště. Pětiletá sestřenka ji za chvilku požádala, aby se k nim přidala a jako první se sklouzla na klouzačce. Natalka byla až dojatá, jak na ní děti lpí, sedla si na klouzačku a hned ucítila nepříjemné vlhko. Už ale musela jet dolů a jen slyšela, jak malá sestřenice volá na bráchy:
„Pojďte, klouzačka už je suchá!"

DOKUD NÁM CHUTNÁ, VŠECHNO JE PUTNA!

Mému kamarádovi zas na jeho služební cestě v Mongolsku na znamení úcty Mongolové nabídli k jídlu beraní oko. Kamarád nám to vyprávěl a my jsme se otřásali hnusem.
„Cos udělal?" ptali jsme se, protože nám bylo jasné, že kdyby oko – jejich národní pochoutku – odmítl, tak by Mongoly smrtelně urazil.
„No co?!" řekl kamarád. *„Zalil jsem ho kečupem, aby na mě nekoukalo!"*

Můj tatínek, když ho vyhodili ze studií a pak z úřadu, pracoval brigádně v masně. Tam si ho oblíbila dáma z vedlejšího domu. Vždycky jí totiž nechal dvě pořádné kosti pro jejího vlčáka. Chodila si pro ně pravidelně. Jednou ale nešla. Už bylo skoro šest večer. Tatínek musel vyhodit všechny zbytky. Právě stahoval roletu, když dámu uviděl na protějším chodníku. Sněžilo. Bylo 22. března 1955 a má maminka byla den po porodu. Dáma na tatínka křičela:

„Jak se daří vaší paní a dcerce?"

A tatínek (který už tehdy špatně slyšel), v domnění, že jde o kosti, velmi hlasitě zavolal:

„Bohužel! Právě jsem je obě vyhodil!"

NEJLÍP TĚ POHOSTÍ DOBRÁK OD KOSTI!

Mé kamarádce bylo nedávno čtyřicet šest let. Narozeniny slavila při dotočení svého seriálu. Napsala dvanáctidílný scénář. Od všech účinkujících dostala květiny. Od režisérky taky. Hlavní roli hrála malá vietnamská holčička. Na konec filmování se přišla podívat celá její rodina. A holčička se Nandy ptala:

„A kolik vám je let?“

A Nanda chtěla zavtipkovat a řekla laškovně:

„Padesát osm.“

A holčička hned běžela k mamince a tatínkovi a sourozencům, chvíli tam všichni hrozně drmolili a pak se dívenka vrátila a Nandě řekla:

„To není pravda! To není možná. Tobě není tolik. To bys neměla tak velkou oslavu. Nelži! Ty máš kulaté narozeniny. Tobě je určitě šedesát!“

Moje asistentka často trpí, když ji chce někdo odměnit. A lidé ji odměňují dost často. Má asistentka je totiž strašně hodná. Tereza nepracuje jenom pro mě, ale ještě na půl úvazku ve stacionáři pro slepce. A ti ji mají moc rádi. Tuhle měla svátek, a tak ji ve stacionáři pozvali na slavnostní večeři. Nabídli jí smaženici. A Terezce bylo hrozně blbě. Druhý den šla celá zelená do práce a stěžovala si.

Tak! A teď musíte vědět tohle: není vůbec neobvyklé, že slepci chodí na houby, chodí ale vždy s někým, kdo vidí, a ten je zavede k houbě, dá jim na ni ruku a učí je, jak houbičku rozpoznat. Když se Terezka ptala, jak sběr hub v lese probíhal, tak se jí její slepci nešťastně svěřili, že nikoho vhodného nesehnali, ale že chtěli Terezce tak moc udělat radost, že šli do lesa na houby sami!

Tenhle příběh má ještě jednu pointu, která souvisí s dobrými úmysly. Když mi totiž Tereza tuhle historku vyprávěla, tak jsem se smála a poprosila ji, zda ji mohu odříkat v televizi. Tereza mi to dovolila. Pak se ale zarazila, chytla se za pusu a řekla:

*„Ale nesmíš říct, že ty houby pro mě sbírali **slepci!** Víš, oni by se strašně urazili!“*

No... Já rozhodně nechci, aby se slepci urazili. Nejsem na tom se zrakem o moc líp. Když mi bylo čtrnáct, tak mi oční lékařka řekla, že až mi bude kolem čtyřicítky, tak všichni mí vrstevníci budou potřebovat brýle na blízko a já ne. Já že uvidím jako rys! Lékařka měla naprostou pravdu. Do vzdálenosti 60 centimetrů vidím jako rys. Lékařka mi ale zapomněla prozradit, že nad 60 centimetrů neuvidím ani ň!

Jo! A po zkušenostech s naším dvouletým labradorem Othellem vám musím prozradit: Víte, proč je labrador ideální slepecký pes? Protože slepí nevidí, jak děsně se chová!

A když jsme u těch psů, tak se mi docela líbí tenhle vtip:

Dva kamarádi venčí své miláčky a napadne je, že by mohli jít do baru na skleničku. A ten jeden říká:

„To půjde těžko, tam psy nepouštějí."

Druhý řekne:

„O to se nestarej! Dělej to, co já!"

První muž s pitbulem vejde.

„Pane!" vykřikne barman. *„Ten pes sem nesmí!"*

„Ale já nevidím!" řekne muž. *„To je můj slepecký pes!"*

Barman se upokojí a chlapíka usadí ke stolu.

Pak přijde druhý muž. Na vodítku má svého pejska. Barman znovu opakuje, že psi mají vstup do baru zakázán.

„Ale já nevidím!" řekne druhý muž. *„To je můj slepecký pes!"*

Barman se na psa dlouze zadívá.

„Chcete říct, že ten ratlík je váš slepecký pes?" zeptá se nevěřícně.

„Cože?!" řekne muž. *„Oni mi dali ratlíka?"*

Psychoanalýza zdarma! aneb Stará dobrá kamarádka na krovkách...

Mirka přišla za mnou do nemocnice v pondělí. Přinesla mi osm chlebíčků, trs banánů a rozbrečela se za deset minut. Před měsícem se totiž chtěla rozejít s Karlem. Měla intenzivní pocit, že jí byl (a je) nevěrný. Karel (o dvacet let starší než Mirka) se k nevěře přiznal. Mirka si ale uvědomila, že bez Karla stejně nemůže žít, a rozhodla se k němu vrátit. Dokonce si myslela, že ztráta Karlova zájmu o ni jako o ženu pramení z toho, že se nedostatečně stará o jejich hnízdo. Tak koupila novou předložku do koupelny. Modrou se třemi delfíny. Když Karel předložku uviděl, začal na Mirku řvát, že to je zbytečné vyhazování peněz a že si nepotrpí na dětské hračičky... Poradila jsem Mirce, aby pokorně vyhodila delfíny a koupila Karlovi whisky.

V úterý přišla **Magda.** Přinesla mi meruňkový kompot a sulc z krůtího masa. Začala plakat po patnácti minutách. Její exmanžel využil víkendu, kdy měl na starost jejich dceru, a nechal jí v jejích devíti letech ostříhat husté vlny na dvoumilimetrového ježka. Poradila jsem Magdě, aby se s expartnerem sešla u právníka a do jejich rozvodového ustanovení vklínili formulaci, že s dítětem ani jeden z manželů nebude nic podnikat bez vzájemného souhlasu.

Ve středu přišel **Ludvík.** Dal mi tři růže a měl problém, protože jeho ženě neustále volá jakýsi mladý muž a ona na každou otázku, kdo to je a co chce, jen nepříjemně řekne: *„Nevím, o čem mluvíš! Seš blázen!“* Řekla jsem Ludvíkovi, ať se manželky na nic neptá, koupí jí novou kabelku a jdou na báječnou večeři.

Ve čtvrtek přišla **Alena.** Dala mi novou rtěnku a řekla mi, že její muž s ní nechce spát. Poradila jsem jí, aby si s ním o tom popovídala, že určitě přijdou na společné řešení.

V pátek mi **Pavla** (čokoláda Milka) řekla, že si myslí, že svou první lásku Aleše miluje víc než svou novou lásku Roberta, a v sobotu mi bývalá spolužačka **Gita** (dvě henri vejce) svěřila, že čeká dítě a neví, jestli s manželem, milencem, anebo s tím automechanikem, který jí tak brzy opravil favorita. Oběma jsem poradila, aby si uvědomily, že muži jsou křehcí, nesnášejí kruté pravdy a neodpustí, když někdo poraní jejich sebevědomí.

To samé jsem zdůraznila **Kláře.** Je to moje neteř, je jí devatenáct a miluje Patrika, kterému je třiadvacet. Klára (dorvala k nám šíleně těžký květináč s voňavým olivovníkem, na kterém byly doopravdické zralé olivy) se hroutila z toho, jak je Patrik krásný, že má nádherný antický profil a že on sám ví, že vypadá jako řecký bůh. Klára měla strach, že Patrikovi nebude stačit její obdiv, a tak mne napadlo, že by měla využít svých znalostí ze studia keramiky na UMPRUM a odlít svému krasavci posmrtnou masku.

No... a pak mě pustili z nemocnice. Měla jsem o tři a půl kila víc a **Mirka** mi řekla, že ztratila nervy, servala z dlaždiček delfíny a Karla ztloukla rohožkou ledviny neledviny, hlava nehlava...

Magda ježka své holčičky obarvila na švestkově modrou a **Ludvík** si své podezření z manželčiny nevěry vykompenzoval v bytě své devatenáctileté studentky. **Alena** od známého doktora sehnala viagru, podstrčila ji muži a ten od té doby chodí domů o moc dřív, protože chce jít o moc později spát. **Pavla** odešla za Alešem od

Roberta a **Gita** všem svým stálým i přechodným známostem řekla, že to miminko, co přijde na svět, je jejich!

Klářin Patrik byl mým návrhem na posmrtný odlitek nadšen. Chtěl, aby jeho dokonalé rysy byly zachovány pro budoucnost, a poslušně Kláře nastavil svou pravidelnou tvář. Klára vzala ořechový olej, aby vytvořila pro sádru vhodný podklad, a začala odborně vrstvit mokrou hmotu. Ta rychle tuhla. Těžkla. A Klára náhle s hrůzou zjistila, že byla chyba, že nesháněla déle ořechový krém, který jim ve škole jako ochranný film před sádrou doporučovali pedagogové, že olej se do sádry vpíjí a že na milovaném obličeji vytvořila tlustý, těžký poklop, který každou další vteřinou vrůstá do kůže a nebude možné ho sejmout. Z Patrika čouhala jen dvě brčka (zelené a červené pruhované), kterými sípavě dýchal. Za chvilku začal horečně máchat rukama. Klára pochopila, že jí chce něco říct, strčila mu mezi prsty tužku. Patrik poslepu neohrabaně napsal: *„Pálí! Zlomí vaz! Nedá vydržet!“*

Klára položila Patrika na gauč. A jeho tělo vypadalo jako stéblo, na které někdo nesmyslně nasadil medicinbal. Klára vzlykala. Asi hodinu se beznadějně snažila. Pak zavolala profesorovi na keramiku a ten za další hodinu přišel se dvěma kluky z prvního ročníku. Všichni měli majzlíky a odsekávali Patrikovu posmrtnou masku stejně drsně jako zedníci, když likvidují starou omítku. Posledním klepnutím odstranili Patrikovi sádru z úst. („*Aby nám při tom neřval,*“ rozhodl profesor).

Patrik omráčeně vstal, hystericky se vrhl ke koupelně. Cákal na sebe vodu a pak uviděl svůj obličej. Rudý od spálené kůže, s bodnými ranami od nešetrných studentů, s odřeným nosem od těžké hmoty a s nepravidelnými lysinami od vytrhaných vlasů, které jen zdůraznily pocit, že Patrik už dlouho trpí velmi těžkou exotickou kožní nemocí.

„*Kam ješ?*“ vzlykla Klára.

„*Do... Do...*“ Patrik se zarazil. „*Do muzea!*“

A Kláře bylo jasné, že tenhle exponát je pro ni definitivně mrtvý...

No... co z toho vyplývá?

Že jsou k ničemu státotvorné řeči o toleranci, strategické rozvaze, protože je stejně nikdo nebere vážně. A že konkrétní rada staré kamarádky může zmařit nejen mladou lásku, ale i život. A taky že má vychýlená plotýnka může být příznakem vychýlené duše a taky že mé nejbližší, jako ostatně všechny lidi, mé „smrtelné lože“

inspirovalo k tomu, aby naříkali nad vlastními ranami.

No a pak taky, že:

Chceš mít hezkou lásku?
Nenos žádnou masku!

P. S. 1: Právě jsem v šoku zjistila, že jsem se přesně před 25 lety vdala!

P. S. 2: Právě mi v šoku došlo, že jsem se narodila zhruba v půlce minulého století.

P. S. 3: Právě mi došlo, že už bych měla mít rozum!

Jak přežít konflikty

Jeden známý měl na záznamníku nahraný tento vzkaz:
„Promiňte, teď zrovna nemohu jít k telefonu, protože právě držím za krk svou ženu. Po zvukovém znamení mi, prosím, nechte své jméno a číslo. Zavolám vám hned, jak přestane dýchat.“

Týrejte a trapte, v nejhorším je zabte!

MASÍRUJTE TVRDĚ, SILNĚ! K RUBÁŠI SE VLŇTE VILNĚ!

Moje nejhorší hádky byly hádky s otcem. A největší hádky mezi mnou a otcem se vždycky odehrávaly, když měl můj tatínek narozeniny. Hádky bývaly kdysi tak prudké, že jsem se třásla několik týdnů, a protože pak se už blížil termín dalších narozenin, tak jsem měla pocit, že můj otec má narozeniny prakticky pořád. Hádky propukaly proto, že tatínek lpěl na tom, že musím udělat něco, co mi bylo naprosto jasné, že dělat nebudu! To něco, co jsem měla udělat, například bylo: Vítat hosty! Otec si to představoval tak, že budu stát v předsíni, budu všem těm starým pánům a dámám tisknout pevně ruku, upřeně se jim dívat do očí a způsobně říkat: *„Ruce líbám."* V určitých momentech jsem to měla říkat maďarsky: *„Kézy šoukolom!"*

Dál jsem měla dělat: Recitovat verše básníka Ivana Franka. Recitovat verše básníka Tarase Ševčenka. Recitovat verše básníka Vasila Kločuraka – mého otce. Měla jsem zpívat lidovky. Měla jsem hrát lidovky na piáno. Měla jsem jíst cibuli, feferonky, špek a pít do dna! Taky jsem měla mít hrdě vztyčenou hlavu a měla jsem mít výraz:

„Já jsem dcera básníka Vasila Kločuraka a vy jste nuly!"

Asi v sedmi letech jsem pochopila, že se otcovy geny v mém těle smíchaly s matčinými geny tak silně, že prostě určité věci, které jsem měla dělat, nejen že dělat nechci, ale se svým pohledem na realitu a relativně zdravým rozumem ani dělat nedokážu.

Situaci jsem řešila tak, že jsem emigrovala z bytu. Už dopředu jsem měla u kamarádek zajištěné noclehy zhruba na tři nejvíce vytížené oslavencovy noci. To přetrvalo hluboko do mé dospělosti a dodnes mne dojímá, když si vzpomenu na paní Jordánovou, maminku mé přítelkyně Jany, která se jednou přede mnou podívala do kalendáře, uviděla tam datum 10. října a řekla:

„Váš otec bude mít narozeniny! Budete, Halino, opět bydlet u nás?!“

Bydlela jsem tam.

Při posledních otcových – devětaosmdesátých – narozeninách jsem nocleh mimo domov obstarala ještě svému synovi (u Ženatého), své dceři (u Terezky) a... pak přišel den D. Byla jsem přesvědčená, že mne po letech praxe nemůže nic zaskočit. Mýlila jsem se.

Začalo to nenápadně.

Maminka říkala, že přijde otcův dávný známý a že s sebou vezme ženu i dceru. A že ta dcera má muže Francouze, který byl v létě na Podkarpatské Rusi, zamiloval se do ní, umí spoustu písní a místní obyvatele si dokonce při zpěvu nahrál na magnetofon. Říkala taky, že měl s sebou na Ukrajině videokameru a že natočil všechny naše příbuzné. (Je jich tam asi pět set...) Nevěděla jsem, co tím moje maminka sleduje. Pamatovala jsem si z dětství, že ona měla z otcových oslav stejný strach jako já. Že se bála, že tatínek nejdřív moc utratí, pak toho moc řekne a pak se z toho bude moc lidí moc dlouho vzpamatovávat. Teď mi ale Francouze líčila s takovým svitem v očích, že jsem ji Začala podezřívat ze snobismu. Vyčetla jsem jí, že se zajímá o ukrajinské příbuzné jen proto, že se líbili nějakému dekadentnímu cizinci, a že by bylo lepší, místo aby je natočil, kdyby jim dal nějaké prachy a obnošené šatstvo.

Řekla jsem tatínkovi, že mu chci popřát a že mu dám své dary. Tatínek totiž nepřijímal dárky. Veličenstvo otec bral zásadně **dary!** Veličenstvo řeklo, že dary přijme, až přijdou jeho hosté! Tatínek termín „mí hosté" používal s takovým důrazem, že bylo evidentní, že se jedná o vévody, lordy a císaře... Řekla jsem otci, že mu před cizími lidmi nebudu dávat nic, a že buď si něco vezme teď, anebo nikdy!

„*Nikdy!*" řekl otec a jako téměř každý rok v den svého výročí dodal: „*A s tebou je konec! Nejsi moje dcera!*"

A mně, jako každý rok, do duše vlétl mrak poznání, že nejsem otcova dcera, a že jsem tudíž nula, a že pro nulu nemá cenu dál žít! A jako každý rok jsem se rozechvěla bezmocí, plakala jsem a volala jsem svému producentovi, aby oficiálně zavolal mému tatínkovi a řekl mu, že **nemohu** čekat na jeho arcivévody a krále, na **jeho hosty**, ale že musím se **svými hosty** točit „Banánové rybičky". Můj otec zprávu přijal a milostivě mne omluvil.

„Omlouvám tě," řekl doslova. *„A můžeš si se mnou připít!"* dovolil mi.

Když jsem si s otcem připíjela, tak zrovna někdo telefonoval a můj otec do telefonu říkal:

„A odvoláváš, co jsi řekl minule, že jsem tyran? A omlouváš se za to, že jsi řekl, že Ševčenko neuměl psát? A omlouváš se mé rodině, že jsi zamáčkl nedopalek vedle popelníku? Omlouváš se? Co?!! Víc nahlas! Dobře... tak můžeš přijít."

Rychle jsem do sebe vhodila koňak na ex, abych **mohla** odejít.

Naše byty jsou rozdělené, naši mají pokoje, kuchyň a halu a my taky – máme oddělené vchody, byty jsou nově zrekonstruované a najednou v hale vidím na mých rádoby středověkých židlích něco divného. Blýskavého, nadýchaného, něco, co mi okamžitě připomnělo Šuhaje loupežníka.

„Co je to?!" chtěla jsem vědět.

A moje maminka, racionální Češka, s takovým zvláštním, snad lehce sadistickým úsměvem, řekla:

„To jsou košulky! Rubášky! Vyšívané! Z Ukrajiny! Kdysi je k nám přivezla Marika..."

„Proč jsou tady?!" chtěla jsem vědět.

„No...," maminka samou falešností až

šilhala. *„No... jen mě tak napadlo, že jednu by mohl mít na sobě otec, jednu já a jednu...“*

„Ne!“ zařvala jsem! *„A domů nepřijdu minimálně týden!“*

„Ale tvůj otec má narozeniny...,“ řekla licoměrně má matka.

A já – po všech těch letech – jsem se na svou maminku vrhla a chytla jsem ji pevně za ruce, tak jako lehce do kozelce, servala jsem ze židlí košile a maminku jsem odnesla pryč.

Pak jsem se začala třást, pak jsem otci zapnula u vyšívané rubášky knoflíčky na zápěstí a pak zazvonil první host, já se v panice hnala ke dveřím – k těm druhým – a můj otec v rubášce běžel za mnou a volal: *„Počkej! Počkej! Představím tě nádherné maturantce!“*

Nádherné maturantce bylo sedmdesát dva a přinesla otci dřevěnou srnečku s modrýma očima, nad kterýma byly nalepené řasy...

U kamarádky jsem spala čtyři dny. Naříkala jsem tam nad sebou:

„Jak je možné, že pořád reaguju jako dítě, a jak je možné, že jsem schopna fyzicky zaútočit na vlastní matku...“

„Vážně ti dala na židli vyšívané košile?!“ zeptala se mě kamarádka.

Přikývla jsem.

„No a jak jsi ji fyzicky napadla?" chtěla přesně vědět má přítelkyně – něžná dcera faráře.

„No... cloumala jsem jí tou rukou, ze které jí zrovna včera sundali sádru...," přiznala jsem se.

A má kamarádka suše řekla:

„No... v tom případě... masáž nikdy neškodí!"

K DĚTEM NEBUĎ SERVILNÍ, STEJNĚ SKONČÍŠ SENILNÍ!

Teď se přiznám k další strašlivé věci. Nedávno jsem se vrhla na své dítě! Dceři už bylo osmnáct, tak mne snad nikdo nemůže nařknout, že ji týrám. Ano, Natalku jsem napadla. Musela jsem narychlo napsat dlouhou přílohu do časopisu o jednom zpěvákovi pop-music. Psala jsem nonstop asi sedmnáct hodin a snažila jsem se potlačit myšlenku, že psát o zpěvákovi pop-music mne vůbec nebaví. Vtom do pokoje vtrhla moje dcera a oznámila mi, že končí se školou. Když jsem chtěla vědět, co bude dělat, řekla mi: *„Nic."* Že se bude živit tak, že prostě bude vyřezávat z kůry stromů loďky a občas si k jídlu najde bramboru, občas cibuli...

„Ty vůbec nenajdeš pole!" rozčílila jsem se.

„To je jedno," řekla zpupně dcera. *„Ale nebudu žít takovým odporným způsobem života jako ty!"*

Vybavil se mi zpěvák pop-music, měla jsem pocit, že dcera má pravdu, a abych se jí za svůj odporný způsob života pomstila, tak jsem ji začala škrtit. Vypadalo to hrůzně. Můj syn měl strach, abych nedostala z rozčilení infarkt, můj muž, který se na rozdíl ode mne s dcerou stále hádá, mne od dcery zcela bez výsledků odtrhoval, já ale v skrytu duše věděla, že všechno to cloumání tak strašné není. Věděla jsem to, protože jsem celou tu dobu mezi prsty držela ostrý pilník na nehty. Byl v jednu chvíli jen milimetřík od hrdla Natalky, od její tepny a já ho, a na to jsem velice pyšná, nepoužila! Když jsem se pak chtěla dceři omluvit, bylo mi trapně, a tak jsem jí ze svého pokoje do jejího pokoje zatelefonovala mobilem na její mobil a servilně jsem ji informovala, že v televizi právě dávají zajímavý film a že by ji mohl bavit. A dcera za chvilku přišla – ležérně – koukla na obrazovku, a řekla:

„Jééé, ten je o drogách, ten znám nazpaměť!"

MANŽEL, NEBO ZUBATÁ?! JE TO Z LOUŽE DO BLÁTA!

S mým manželem se moc nehádáme. Můj muž je ale velmi často naštvaný. Někdy jeho naštvanost vrcholí. Vrcholila v létě. Můj muž totiž šel se synem do obchodu a tam si koupili stan. Pak jsme jeli k přítelkyni na chalupu a můj manžel s mým synem stan vytáhli a stavěli ho. Přitom vyprávěli, jak perfektně stan vybírali, jak odborné znalosti při koupi měli a jak dokonalý stan výhodně ukořistili. Pak stan postavili a on byl křivý. Manžel měnil stanové tyče jako blázen, ale stan byl křivý. Stan měl křivé tyčky... Stan byl zmetek. Můj muž po mně s podezřením blýskl očima. Měla jsem bezvýhradně poctivou kamennou tvář. Žádný výraz. Můj muž, aby se zklidnil, začal mýt auto. Myl ho dlouho, auto se blýskalo, muž byl téměř klidný. Pak jsme se rozhodli, že se pojedeme vykoupat. Můj muž si mohl vybrat mezi dvěma polními cestami. Vybral si tu levou. Jeli jsme asi pět minut, když jsme s drncnutím vjeli do hlubokého bahna. Bahno bylo na nárazníku, kolech, blatníkách, i na předním skle jsme ho měli. Muž znehybněl. Pak mu divoce zaplály oči.

„Ven!“ zařval na mě a otevřel dveře. *„Už tě mám po krk!“*

KVŮLI KAŽDÉ ŽENĚ NUTNO PÍTI DNES A DENNĚ!

Jednou se stala mimořádná věc. Nevyprovokovala jsem hádku svými otázkami, činy, ale pouze svou existencí! To bylo tak. S Hankou Čížkovou – herečkou – jsme jely vyvenčit děti. Venčily jsme je tak, že jsme dojely do údolí a tam nám došel benzin. Beznadějně. Naštěstí to bylo u nějaké podnikové chaty, kde zrovna probíhalo školení. Bylo tam asi dvacet lidí v produktivním věku a školili se a taky se trochu občerstvovali. Požádaly jsem je o benzin. Většina školících se byli muži, no a ti, když nás, vlastně když Čížkovou viděli, tak měli obrovskou snahu pomoci. Bylo to ale komplikované. Nakonec přijel někdo autem odněkud, někdo odněkud jinde sehnal hadičku a další muž se hadičky iniciativně chopil, strčil ji do benzinu a nasál. Nasál tak mocně, že se málem udusil a pozvracel. Když se dávil, kašlal a chroptěl, tak k němu přiskočila podnapilá žena, vrazila mu šílenou facku a zařvala:

„Seš ekolog, nekuřák a abstinent! Ale protože seš děvkař, tak teď kvůli ***nim*** *chlastáš benzin!“*

KDYŽ S VÁMI CLOUMÁ ZLOST, ŘVĚTE PRO RADOST!

Nejdůstojnější místo, kde jsem se kdy pohádala, byl Španělský sál na Pražském hradě. 28. října to bylo. Byla oslava výročí vzniku Československa. Byla jsem na ní. Byl tam taky muž – předseda jednoho svazu, kterého nebudu jmenovat, a byl plný zloby, závisti a říkal sprostá slova. Tak šíleně mne rozzuřil, tak strašně mi připomněl, jak nespravedlivý osud mi je dán do vínku, jak nespravedlivě se mnou zacházeli v minulosti i teď, že jsem se zlostí roztřásla, měla jsem vysoké boty, takže jsem byla asi o metr větší než ten pán, a vysloveně poprvé v životě jsem zažila, jak to vypadá, když s někým „cloumá zlost"! Právě v tu chvíli ke mně přistoupil redaktor z ČT1 pan Janeček, který v televizi prakticky denně hlásí zprávy, a řekl:

„Paní Pawlowská, znáte mě?!"

A já v tom vzteku hnusně odsekla:

„V životě jsem vás neviděla!"

Má přítelkyně mi denně ráno telefonuje. Vždycky se ptám:

„A co Pavel? Dobrý?"

A ona mi velmi často odpoví:

„Zase jsem si to zkazila."

Znamená to, že se asi měsíc nebo dva nebo čtrnáct dní ovládala, pak se napila šampaňského a řekla manželovi pravdu. Krutou pravdu. Pravda je, že její muž je poměrně komplikovaný člověk. Mou přítelkyni nemučí jen řešením reality, manžel ji nutí zabývat se problémy, které by nastaly, kdyby...

Co bys dělala, kdyby se k nám nastěhovala má matka?

Co bys dělala, kdybych měl na krku rtěnku?

Co bys dělala, kdyby mi vlak ujel obě nohy?

„Zkrátila bych ti džíny!" řekla má přítelkyně a... zkazila si to!

Režisér Hitchcock se prý často neovládal. Jednou řval při natáčení na hrdinku svého filmu tak, že ji rozplakal a ona kvílela:

„Vy mne nenávidíte! Vy byste nejradši chtěl, abych byla mrtvá, abyste mohl plivat na můj hrob!"

A režisér Hitchcock na to řekl:

„To tedy ne! Nesnáším stát ve frontě!"

Jednou jsem byla s kamarádkou na její chalupě. Jejímu synovi byl rok a neustále lezl po čtyřech. Mému synovi byly čtyři měsíce a neustále ležel na zádech. Má kamarádka byla lékařka a dbala velmi úzkostlivě na čistotu. Já jsem psala diplomovou práci o humoru, a abych to vůbec (se synem) dokázala, tak jsem pořád jedla sušenky. Kousíčky sušenek byly na mých papírech, na mých deskách, v kočárku mého syna a na koberci. Má přítelkyně neustále vytahovala vysavač, snažila se zabránit, aby si její chlapeček strkal do pusinky špinavé chlupaté kousky, a při tom si má přítelkyně nenápadně pro sebe syčela do rytmu: *„Zabiju ji! Zabiju ji! Zabiju ji!“* Myslela si, že ji neslyším. Já ji ale slyšela moc dobře. A proto vám teď dám poslední radu, jak přežít konflikt:

Opravdová lejdy
„v klídku“ má své bejby!

Co teď a co potom aneb Šest děvčátek v akci

Restaurace Fogo – pátek:

Hanka (42) se před čtrnácti dny rozešla s Jarouškem, protože zjistila, že se tajně schází s bývalou manželkou, ta mu tajně na víkend peče rybízový koláč a taky mu tajně vymalovala špajz.

Ester (44) slavila dvacetileté výročí svatby, a když se její muž Petr opil, tak jí řekl, že měl sedm vážných poměrů a že svou milenku vášnivě miluje, ale opustil ji proto, že se kvůli Ester obětoval.

Korina (43) byla na testech v nemocnici a řekli jí, že její gynekologické problémy mohou souviset s její nevyrovnaností a že je v nebezpečném věku nádorových onemocnění.

Květa (48) zablokovala všechny účty, protože se rozhodla, že jí bude líp, když bude sama, než se nudit se svým třetím manželem.

Renata (39) se svěřila, že se asi zabije, protože je hnusná a cítí se nekonečně sama.

Dámy si daly: *pečeného lilka (bez masa), carpaccio (jen tak bez ničeho), uva-*

řenou mrkvičku (poloviční porci), lososa v páře a dva řecké saláty, ve kterém nechaly olivy. Vypily pět káv a sedmnáct minerálek. **Při tom si naplánovaly:**

Hanka se omluví Jarouškovi, uvaří, upeče, vysmejčí a pak ho zahltí erotickou bouří.

Ester svede společného přítele, který jim šel před dvaceti lety za svědka a bydlí na statku v Kouřimi.

Korina půjde k psychoanalytikovi, který před časem ohromně pomohl Květě.

Květa přehodnotí nudnou šeď svého manželství a dá svému muži Ivanovi ještě jednu šanci a **Renata** půjde ke kadeřníkovi a do kosmeťáku a pak vyrazí na sobotní party a nechá se konečně zmermomocnit svým dychtivým šéfem.

Restaurace Fogo – o týden později:

Hanka přišla k Jarouškovi, a když si všimla nového květináče, vyrvala z něj kytičku i s kořeny a mocnou paží smetla ze stěn všechny obrázky, rozkopala skleničky a z terasy vyhodila televizi. Pak Jarouškovi tloukla hlavou o zeď. Když spadla příčka, zavolala Jarouškově bývalé ženě, aby mu šla trošku poklidit.

Ester jela na farmu. Svědek (z její svatby) se ji tři hodiny pokoušel dostat do sedla.

„Možná že bych mohla vyměnit hřebce!“ řekla dovádivě Ester.

Byla to její poslední erotická slova. Kobyla – jako favorit z Pardubické – prudce vyrazila z louky a svědek našel Ester až večer v lese. Tam taky snědla osm ibuprofenů, protože se jí zablokovala páteř, a počkala, až si ji manžel Petr (vleže na zadním sedadle) obětavě odveze domů.

Korina podlehla psychoanalytikovi. Její stres se zvětšil, protože jí doktor kreativně vyholil ohanbí a ona nevěděla, jak to zdůvodní doma.

Květa šla s mužem na pouť. Po řetízáku telefonicky odblokovala konta, po centrifuze se jí odblokovaly vnitřnosti. Po dvouhodinovém úporném zvracení manželovi řekla:

„To je jediná činnost, ke které mě inspiruješ.“

Renata po sobotní party skončila na hotelovém pokoji. Šéf jí freneticky chválil nový účes, pak se dorazil lahvičkami z minibaru a vzlykavě se svěřil, že Renatina kadeřníka velice miluje, a že když si ho vzal tuhle k sobě domů a tam se svlékl, tak mu lazebník řekl:

„Tak to ne! Hubenýho, toho já fakt nemůžu!“

Bilance: *špagety s kachním masem, la-*

sagne, tortelliny, pečené brambory s kysanou smetanou, čtyři bifteky, medailonky s houbovou omáčkou, 6x tiramisu, 4x jahody se šlehačkou, 12x láhev sektu a 9 panáků čisté vodky.

A co pak?

Hanka řekla:

„Zůstaly mi JEHO klíče."

Ester řekla:

„Hipoterapie by mi mohla pomoct. Petr slíbil, že mi proto opatří poníka."

Korina řekla:

„V Playboyi se mi nedávno líbila jedna holka, co to měla nabarvený zeleně."

Květa řekla:

„Když vydržíme doma s Ivanem mlčet 4 825 dní, tak se dostaneme do Guinnessovy knihy rekordů."

A **Renata** řekla:

„Proč jsem se vlastně neoběsila?!

A na to znám odpověď já:

Proč jsem se neoběsila?!
Prozradím zvesela:
protože už jsem... visela!

Jak přežít lásky čas

Když mi bylo sedmnáct, rodiče mi z kuchyně udělali dívčí pokojíček. A tam jsem tehdy, inspirovaná Shakespearem, do zdi plná touhy vyryla tenhle zoufalý verš:

„Ach Žufníčku, Žufníčku! Proč jen jsi Žufníček?! Své jméno zapři, odřekni se otce a já přestanu být Kločurková!“

Dnes jsem inspirovaná (bohužel) úplně jinak. Dnes bych asi nejspíš do zdi vytesala:

„Máte hlad po lásce? Apetit veliký? Láska se nekoupí, kupte si knedlíky!“

Ztrácí vaše city jas? Tak mu zlomte vaz!

NAHOŘE CHOĎ BEZ, JEN KDE ŠUMÍ JEZ!

Před asi dvaceti lety jsem jednou s manželem sledovala televizi. Bylo to v červnu a chystali jsme se na prázdniny. V televizi byl pořad o plážové módě a tam říkali, že ten rok se budou nosit samé bikiny. Chmurně jsem sledovala manekýny a pak jsem rozhodně prohlásila:

„Já tedy budu mít v každém případě jednodílné plavky!“

A můj muž doslova vyjekl:

„Proboha! A který ten díl si necháš?!“

NEMYSLI JEN NA SVŮJ CHTÍČ, OD MILÉ ŽÁDEJ K SRDCI KLÍČ!

Můj bratranec je lékař a jako typický lékař má děsné písmo. Sestry i lékárníci ho špatně luští. Nedávno to došlo tak daleko, že bratranec sám vůbec nemohl přečíst, co napsal. Bádal nad škrabopisem a měl pocit, že jde o něco velmi důležitého. Velmi se snažil to dešifrovat. Zdálo se mu totiž, že k diagnóze jedné své pacientky napsal něco jako: „nutno přehodnotit“ nebo „nutno překontrolovat“. Nakonec požádal o pomoc vrchní sestru. Ta na kartu s klikyháky letmo pohlédla a řekla:

„Máte tady: ***Nutno předplatit Playboye!“***

Po čtvrtém císařském řezu se kamarádce objevily na břiše jizvy ve tvaru šipek. Když o tom řekla manželovi, zasmál se a prohlásil:

„Miláčku, po třinácti letech a čtyřech dětech už opravdu nepotřebuji žádné instrukce.“

ŽE MÁŠ DĚVČE V JINÉM STAVU? NECH SE ZAVŘÍT DO ÚSTAVU!

Kamarádka Květa mi vyprávěla, jak měla přítele a s tím za erotickými hrátkami jezdili do přírody. Měli stejnou trasu. Vždycky jeli kolem dětského ústavu sociální péče. A vždycky když okolo projížděli, tak byl venku chlapeček a předstíral, že na auto střílí. A milenec mé kamarádky Květy byl mladý a hravý, a tak mu to jednou nedalo a zastavil a taky dělal, že na kluka střílí. A chlapečka nadchlo, že si s ním někdo hraje, a střílel víc a houšť a... milenec taky. A chlapeček v zápalu střílení zalehl do bahna a kamarádčin milenec taky. A pak z ústavu vyběhla vychovatelka a ta na celý kraj vztekle řvala:

„Ježišmarjá, chlape! Vždyť vy jste větší debil než to dítě!“

BACHA! TO JE SEBEVRAŽDA, KDYŽ TĚ ZMÁMÍ STARÁ VRAŽDA!

Jednou má kamarádka Vlasta chtěla manželovi vyprat džíny a našla mu v kapse papírek s číslem a u toho jméno: Margot. Rozrušilo ji to. A hned inzultovala manžela:

„Proč to schováváš? Kdo je to?! Okamžitě vysvětli!“

A manžel blábolil:

„Víš přece, že jsem byl v neděli s Dušanem v Chuchli na dostizích. A Margot – takový jméno snad ani normálně neexistuje – je kůň, na kterého jsme si s Dušanem vsadili!“

Druhý den večer se Vlasta připlížila k muži, když si četl noviny. Dala mu hroznou facku, a když k ní šokovaně vzhlédl, tak řekla:

„Právě ti ta kobyla volala!“

Tuhle jsem si přečetla úchvatnou informaci. V americkém národním parku k jedné farmě přiběhla statná pštrosice. Přiběhla s jasným úmyslem prožít pravý milostný svazek s farmářem Jamesem Bradem. Vyhlédla si ho, když sklízel kukuřici, a urputně se dožadovala tělesného splynutí. James Brad před ptákem emu prchl do svého domu. Pštrosice dorážela na dveře, okna. James se musel skrývat v domě zavřený tři dny. Když šel opravit na střechu elektrické vedení, musel emu odhánět veslem. Nakonec ptáka lapili zřízenci ze vzdálené zoo a doktorka přírodních věd Emma Heringtonová řekla:

„Byla právě normální doba páření. Emu se do Jamese zamilovala. Byla naprosto přesvědčená, že je to její vyvolený, a byla rozhodnuta ho za každou cenu dostat.“

Co k tomu dodat? Snad jen:

Až tě milý majzne pádlem,
tak si namaž chleba sádlem!

To mi připomnělo, jak jsem byla v šestnácti poprvé na chmelu. Bylo to v Kounově blízko Krušovic a já se vždycky těšila, až bude večer, umyju se, vezmu si čisté džíny a dlouhou košili s kostkou z České jizby (ušila mi ji maminka, abych tak milosrdně zakryla své boky a stehna) a půjdu se spolužačkami Zuzkou a Jarkou na korzo. To znamená, že budeme Kounovem chodit sem a tam kolem rybníčku a hospody a kina a budeme koukat, kteří kluci na nás koukaj. Tehdy byla před kinem u zábradlí skupinka těch nejhezčích kluků z brigády. S holkama jsme vypjaly prsa, zatáhly zadky a drtily jsme úchvatné chlapce svou nevšímavostí. Když jsme byly od nich (zády k nim) asi dvacet metrů, tak jeden kluk zavolal:

„Princezny!“

My nic – hrdě jsme kráčely dál. Zas se ozval hlas:

„Holčičky!“

Nic. Šly jsme... a pak zařvali:

„Klisny!“

A já se okamžitě otočila...

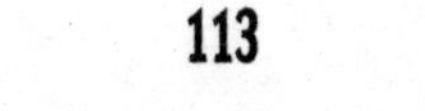

KDYŽ TĚ ČEKÁ DLOUHÁ TÚRA, NEZBYTNÁ JE MANIKÚRA!

Mé kamarádce Šárce je přes čtyřicet, takže logicky dbá na to, aby byla stále stejně mladá a krásná. Pěstí se a mastí a kupuje si drahé krémy jako divá a moc dobře ví, že i když si třeba bude dlouho udržovat svěží tvář, že by ji mohly prozradit její uvadlé, vrásčité ruce. A proto, po poradě s paní z manikúry a po absolvování všech podnětných výzev z oblasti kosmetiky, si lehla do postele, pečlivě si ruce natřela, nechala si na kůži tlustou vrstvu vepřového sádla a oblékla si bílé bavlněné rukavičky. Asi za deset minut vstoupil do ložnice Šárčin manžel. Šel z koupelny a byl svlečený. Fascinovaně na Šárku zíral. Pak otevřel skříň, vytáhl z ní kravatu, uvázal si ji a pak nahý, jen s kravatou na krku, důstojně řekl:

„Chceš-li být formální, tak já taky!“

KDYŽ TĚ NAŠTVE SVÝMI KECY, TAK SI NALIJ ČTYŘI DECI!

Nedávno jsem četla článek o tom, jak si stále uchovat hezké manželství. Rozhodla jsem se, že jeden návrh zrealizuji.

Bylo to jednoduché. Šla jsem za mužem do pokoje. Zaujatě sledoval fotbal. Bylo mistrovství světa. Naprosto seriózně jsem manželovi řekla:

„Víš, že bychom si měli každý večer povídat?"

A můj muž znaveně houkl:

„A s kým, prosím tě?!"

Muži mají radši... koho vlastně?!

Byla sobota – měla jsem volno. Rozhodla jsem se, že si den užiju. A tak jsem zavolala své první lásce. Věděla jsem, že se Pavel rozvedl a že je pořád moc hezký! Pavel měl nápad, že se pobavíme na matějské pouti. Šli jsme tam do strašidelného zámku. Pavel věděl, že má jako gentleman podle anglického vzoru sedět ve vozíku vlevo. To ale provozovateli „zámku“ bylo evidentně fuk. Asi po pěti metrech mi někdo na můj (pečlivě nalíčený) obličej vpravo(!) pleskl hnusný mokrý hadr, pak mi ohromný papírový netopýr vlétl do vlasů (pečlivě učesaných) a pak se po Pavlovi natáhl kostlivec a sebral mu jeho kšiltovku (značkovou – Camel). Pak jsme byli venku. Pavel byl velice rozrušený.

„Kostra mi vzala čepici!“ postěžoval si muži u pokladny.

A ten muž (měřil asi metr padesát a ze rtů mu viselo „žváro“) mu bohorovně řekl:

„To víte, pane, strašidelnej zámek je strašidelnej zámek!“

Ve dvě odpoledne jsem měla sraz s Jendou. S inženýrem. Kdysi jsem s ním chodila tři měsíce. Jenda mlčel. Já jsem hovořila neustále.

Když jsem se zmínila, že mi nedávno vrazil do auta nějaký blbec, Jenda konečně zareagoval. Zajímalo ho, jaké značky je můj vůz, jakou má barvu, kdy a kde jsem si ho koupila a kolik žere. Taky mi Jenda řekl, že si se mnou začal, protože se mu se mnou *„báječně kecá"*, ale že teď má kamarádku, s kterou se mu ještě *„báječněji mlčí"!*

Ve čtyři jsem šla k Janě. Má přítelkyně mne analyzovala. Prozradila mi, že jsem pro muže přitažlivá hlavně proto, že jsem vtipná společnice. Pak jsem si sedla na gauč a její sedmiletý syn Jirka se naštval, že jsem mu zasedla koleje. Všude kolem mě popojížděly elektrické vláčky, ale Jana mi nedovolila vstát. Seřvala syna, že je nevychovaný spratek, že nesmí poroučet dospělým a že já – teta – si můžu sedět, kde chci!

Jirka odevzdaně vzdychl:

„Tak jo, tak já to budu brát, jako že na trať vstoupila kráva!“

A pak byl večer a já dělala doprovod Vaškovi na večírku. Vašek mě obdivoval, kolik umím jazyků, a já mu ochotně pomáhala při konverzaci s Angličany, Holanďany i Němci a pak se Vašek úplně roztřásl vzrušením a koktal:

„Bože, ta je ale nádherná! Tu mít a umřít!“

A k nám se přivlnila asi sedmnáctiletá blondýnka, nohy měla až ke stropu, vykulila své už tak obrovské oči a řekla mi:

„Páni! Já jsem tak šťastná, že vás tu vidím. Víte... moje máma vás miluje!“

A pak jsem tři hodiny pila vodku a zfrustrovaně mi došlo, že mne vůbec netěší ohromovat muže svým důvtipem, přitahovat je svou inteligencí a oslňovat hloubkou svých myšlenek. A pak na mě jeden vysoký prošedivělý muž mrkl a já jsem to mrknutí opětovala. A pak mi Jindřich (už u něj doma) promluvil z duše:

„Víš, co mě napadlo, když jsem tě uviděl? Že budeš můj sexuální objekt!“

No... a pak byla neděle a já měla volno.

Zvlášť se mi líbilo, když jsme s Jindrou potkali tu sedmnáctiletou blondýnku z večírku. Vykulila na mě (už samy o sobě byly obrovské) oči a Jindřich mě (před ní!) objal a řekl:

„Seznamte se, to je moje dcera!“

Připadáte si opotřebované, osamělé a bezbranné? Ohrožuje vás to agresivní, dychtivé, živočišně plavovlasé mládí?! V tom případě by se vám mohlo hodit tohle:

Trápí vás blondýnky?
Sveďte jim tatínky!

Jak přežít lži

Letos v soutěži o největšího lháře získal hlavní cenu Brit Martin Stevenson, který prohlásil, že na japonském ostrově Orinoko zpívají vlaštovky tak sladce, že diabetici musí mít v uších špunty, aby jim nestoupl cukr...

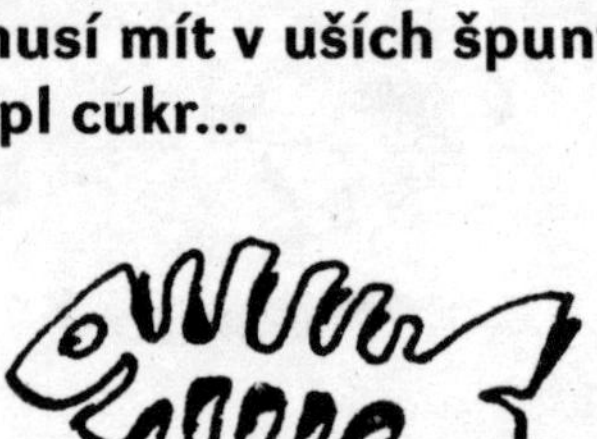

V kraji zdejším nevěř ani nejvěrnějším!

NECHVAL MUŽE, JAK JE SKVĚLÝ, MOŽNÁ ŽE TI JEDNU STŘELÍ!

Jednou zvonil telefon a táta ho vzal. Volala tehdy teta Mirka, manželka otcova bratra Fera. Bydleli v Kolíně. Teta řekla, že právě přijela do Prahy a že by se u nás za otcem ráda stavila.

Otec nebyl oholený, byl v županu a nechtělo se mu převlékat. Taky se nechtěl bavit s tetou Mirkou, a tak jí řekl, že právě odjíždí do Marjánek. Tetě to bylo líto, ale nedalo se nic dělat...

Otec byl spokojen. Seděl v klidu dál a ťukal do stroje své básně. Pak uslyšel, jak někdo odmyká, a zarazilo ho, že se z předsíně ozývaly hlasy. Identifikoval je. Jeden hlas byl mámy a druhý – tety Mirky! Dámy se totiž potkaly na ulici a máma tetu (v dobrém úmyslu) přivedla k nám.

Otec zpanikařil. Vždyť tetě lhal, že je pryč! A teď?! Byl doma! V županu! V papučích! Otec byl v takovém šoku, že nevěděl, co dělat. Začal se v panice soukat pod gauč. Pak máma s tetou klidně vešly do obýváku a tam konverzovaly asi tak hodinu. Otec se pod gaučem potil, mačkal, dusil... Při všem tom utrpení notabene slyšel, jak si teta Mirka stěžuje mámě, že si konečně **mohou normálně pohovořit,** protože vždycky když je doma Vasil (můj otec), tak si s ním vlastně nemá co říct, jde za ním jen z pocitu příbuzenské povinnosti a vždycky se strašně mučí, protože jí můj otec čte pořád dokola své básně.

Máma tetě chápavě přikyvovala, a pak se teta zvedla a máma ji šla doprovodit do předsíně, a když se vrátila, tak táta seděl za stolem. Zaprášený a rozhořčený a rozrušený! A dřív než máma stačila zareagovat (byla na infarkt!), tak na ni otec hrozně ukázal prstem a zařval:

„Lhářko! Konečně vím pravdu! Ty celé roky předstíráš, že se ti líbí moje poezie!“

A z toho vyplývá tato má rada:

Pod divanem za divanem
nikdo nesmí stát,
nebo si nebudem hrát!

Jeden můj známý, a velmi obecně známý člověk, mne lákal na svůj, velmi známý, muzikál. Přiznám se, že nerada chodím v poslední době do divadla a z muzikálů (třeba neoprávněně) mám zvlášť velký strach, prostě nechtělo se mi tam jít. A abych zabránila dalšímu pozvání (měla jsem jich za sebou už asi osmnáct!), tak jsem svému známému řekla, že už jsem ten muzikál viděla.

*„A **v jaké** alternaci?“* zeptal se mě.

Zpotila jsem se. Vůbec jsem netušila, kdo koho by měl v muzikálu alternovat. Po napjaté chvilce jsem vydechla:

*„No... v tý... **druhý!**“*

Můj známý se rozzářil:

„Tak to na to musíš jít ještě jednou!“

MUŽ S KLENOTY VŽDY KÁPNE DO NOTY!

Psala jsem článek o klenotnících a jednoho z nich jsem vyzvala, aby mi vyprávěl o zákazníkovi, na kterého nikdy nezapomene.

„Byla to rozvedená paní, která chtěla ze snubního prstýnku udělat pár náušnic,“ začal vzpomínat. *„Na jedné náušnici měl zůstal nápis ‚Jsi moje‘ a na druhé ‚velká láska‘. Když jsem se jí zeptal, proč to chce mít zrovna takhle, odpověděla: ‚Abych si propříště zapamatovala, že když mi někdo zase řekne něco podobného, mám to jedním uchem pustit tam a druhým ven.‘“*

Můj muž byl v obchodě se sportovním zbožím. Při placení použil svou platební kartu. Tím vzbudil pozornost. Prodavač se ho zeptal:

*„**Vy** náhodou nejste muž Haliny Pawlowské?“*

A manžel pohotově řekl:

„Ne!“

A prodavač na to:

„To jsem si myslel, to byste totiž koupil určitě lepší lyže!“

Naši slavili čtyřicáté výročí svatby. Maminka byla nadšená, že spolu tak dlouho vydrželi, a hledala důvod, jak to je vlastně možné. A řekla mi toto:

„Těsně po svatbě jsme se dohodli, že tatíček bude v rodině rozhodovat o důležitých věcech a já o těch méně důležitých.“

Maminka se odmlčela a pak dodala:

„A je to až neuvěřitelné, ale za ta léta se u nás v rodině nic extra důležitého nenaskytlo."

Můj otec byl opravdu nesmírně čestný člověk. A opravdu nenáviděl lháře. Fakt je, že jsem ho ale jednou sama slyšela, jak svým kamarádům na chalupě říká:

„Tady se nádherně houbaří!"

A kamarádi šli do lesa. Byli tam asi osm hodin. Pak zmoklí přišli a tátovi vyčítavě ukázali prázdné košíky. A táta tehdy bezmocně rozpřáhl ruce:

„Ano, to je pravda, že se tu nádherně houbaří, ale najít tady houbu, to je dřina!"

Jsem praktický člověk, proto vím, že navzdory přikázání, výchově, morálce i trestům se v praxi velmi často uplatňuje tato praktická rada:

Kde se dá, lhát se má!

Jo! Nedávno odpoledne u nás na chalupě zazvonil telefon. Volal pracovník okresního úřadu a chtěl mluvit s tím členem rodiny, který je na venkově hlášen nastálo. Okamžitě, jak vyslovil dotaz, mi došlo, že jsem na radnici neoznámila, že tatínek, který je na chalupě hlášen nastálo, před třemi lety zemřel. Chtěla jsem se rychle omluvit a vysvětlit to a zablekotala jsem:

„Je mi líto, ale táta je momentálně mrtvý...“

Proč mi lhali?!

Původně jsem chtěla psát o tom, jak existují ještě jiné lži než ty klasicky mužské, které tak fundovaně pojednal mistr Páral.

Chtěla jsem psát o smyšlených článcích v nejrůznějším tisku. O článcích, které schválně ubližují, zastírají pravdu, zkreslují fakta a jsou prostředkem nejen k vyššímu zisku vydavatelů, ale taky hnusným nástrojem osobní pomstychtivosti.

Zejména jsem se vám chtěla svěřit s minulostí Vládi. Mladého muže, který pracuje pro konkurenční časopis a který věřil, že mne jeho genialita osloví tak, že spolu nerozlučně „génius vedle génia“ pokoříme průměrný svět. Genialitu jsem nerozpoznala, pokořený muž šel tedy všechny své postřehy o naší spolupráci vyplakat tomu, kdo tu nashromážděnou křivdu mohl využít. No jo...

Taky jsem chtěla napsat o jedné novinářce (Jiřka pendluje z časopisu do časopisu), která se na naší schůzce opila během deseti minut a pak do našeho časopisového rozhovoru šoupla zcela jiné „invesstigativní“ otázky, na které bych jí (pro jejich aroganci) nikdy nechtěla odpovědět.

Pak ty falešné údaje o mém otci! O mé práci! O mých ambicích! Taky s dcerou zatočili! Psali, že **ona** snad bude jiná – lepší, ne tak povrchní, komerční a bez hodnot. To psal Vašíček. V minulém režimu byl v televizi, ve straně a měl se moc dobře.

Ale tak dost! Dost už o primitivních výkřicích, jak jsme sokyně s Lucií Výbornou a jak jsme ve sporu s Nesvadbovou! Nejsme a nejsme! (Náhodou!) Ale copak je to důležité?! Vy určitě kašlete na ty malicherné nicotnůstky, které mne jen štvou jako špatná obsluha v restauraci, a proto se vrhnu do **pravd** a **lží,** které nejsou jen profesním vyřizováním účtů, ale které mají hlubší – normální **lidskou** notu, a tak, bohužel – bohudík, potkaly mě i vás!

Africká lež

Mě se dotklo, že jsem měla jednoho exotického kamaráda a měla jsem s ním někam odjet a už byl den odletu a on se mi pořád neozýval. Zavolal až po týdnu a zadýchaně mi vysvětlil, že nemohl přijet ani se ozvat, protože musel rychle zpátky domů do džungle, že mu tam zloduši (nějaká mafie z buše) unesli syna, takže se vrátil pozdě. No... tak to jsem nemohla pochopit, jen mi to bylo líto, nabízela jsem pomoc, ale on nic nechtěl.

A pak jsme šli vedle nás do vinárny a přišla známá a ptala se ho, jak se má, a on říkal výborně, a pak něco vypil a přišli další známí a ptali se ho, jak se mu daří, a jemu se dařilo po litru výborně a po dvou litrech ještě líp a já si najednou uvědomila, že se ho děs toho, že mu unesli syna, ani moc nedotýká, že vlastně vypráví, jak střílel někde na Šumavě jeleny, a náhle mi došlo, že na to, že mi řekl, že mu unesli syna, úplně zapomněl. A to jsem si pak ještě časem ověřila, protože mé kamarádky se ho různě schválně ptaly:

„Co tvoje dítě?"

A on bezelstně odpovídal:

„To se má pořád skvěle!"

No... on prostě použil jako argument pro omluvu, že se nedostavil, nejsilnější kalibr. Dítě. Neuměl ale s tou zbraní zacházet, a když mi pak jednou volal, abych s ním jela na výlet, tak jsem řekla, že nepojedu. A on na to:

„Máš pro to nějakej vážnej důvod?"

A já jsem řekla:

„Jo, mám strach, že by mi mezitím mohli unést dítě.“

A bylo chvíli ticho a on pak řekl:

„Aha!“

No. A pak už jsme se nikdy neviděli...

Manželova lež

Volala jsem z chalupy domů – bylo to po televizních „Rybičkách“ – a ptala jsem se manžela, jestli jsem se mu v pořadu líbila. A on mi na to řekl:

„Hele, já teď nemůžu mluvit, já musím jít venčit Otu.“

A já na to:

„Ale to je divný. Ota je totiž tady na chalupě se mnou!“

Milencova lež

Má kamarádka měla ženatého přítele a on byl velice nepřesný v informacích o praktikách svého manželství. Když se ho kamarádka ptala, jestli intimně žije se svou ženou, tak vyhýbavě říkal:

„Ále... tak jednou před deseti lety naposled!“ Pak zas:

„No... asi před rokem tak zhruba to bylo, už se nepamatuju...“ Jindy řekl:

„Asi někdy v zimě...“

Až se přítelkyně neudržela a zařvala na něj:

„Takže ty s ní přece jenom spíš?!“

A milenec řekl:

„No... ale jen tak ***OKRAJOVĚ!****“*

Milenčina lež

Jedna má kamarádka má spoustu nápadníků, ti se jí drží jako klíště. A když jsem se jí ptala, jak to dělá, tak řekla, že všem tvrdí, že jsou úžasní a že v sexu nikdy nic tak úchvatného s nikým jiným nezažila. Má známá (matka dvou dospělých dětí) se taky zasnila a řekla:

„Víš, a nejvíc mě mrzí, že jim všem nemůžu říct, že než jsem je poznala, byla jsem panna!“

Omluvná lež

Má přítelkyně-učitelka nadávala. Rozčilovaly ji výmluvy jejích žáků typu:

„Přišel jsem pozdě, protože mi kocour sežral kontaktní čočky."

„Nemám úkol, protože mi ho pes počural."

„Neučila jsem se, protože otec dostal příušnice..."

Pak jsme jely s přítelkyní v autě. Ona řídila a nás zastavili pro nedovolenou rychlost.

Kamarádka nasadila nejdojemnější obličej a prosila policisty o odpuštění a já jsem najednou šokovaně slyšela, jak jim říká:

„Prosím vás, pusťte mne, já strašně pospíchám, já totiž jedu k veterináři, já mám totiž doma těžce nemocnou rybičku..."

Kamarádka měla doma nemocné rybičky, jely jsme skutečně k veterináři pro nějaký speciální roztok, ale mně v tu chvíli došlo, že její strašně líní žáci mohou mít leckdy pravdu...

Osvědčená lež

Můj manžel má osvědčené lži. Například když se ho někdo zeptá, co je to za strom, a on neví, tak řekne **jilm.** Když neví, co je to za hrad, řekne **Humprecht,** a když někdo chce vědět, co je to za ptáka, odpoví **raroh.** Nikdy se nezmýlil. Nikdo totiž neví přesně, jak vypadá jilm, kde je Humprecht a jak se rozezná jestřáb od raroha.

Úžasná lež

Stojí hráč na golfovém hřišti sto metrů od jamky, když vtom z trávy zašeptá žába:

„Zahraj to železnou holí, osmičkou."

Golfař, hluboce soustředěný, vytáhne železnou osmičku a odpálí. Míček se dokutálí přímo do jamky.

„A teď mě vezmi do Las Vegas," řekne žába.

„Co?" vyhrkne zmatený golfař, který si najednou uvědomí, že to mluví žába.

„Slyšíš dobře," opakuje žába, *„vezmi mě do Las Vegas. Jak vidíš, nosím štěstí, vyděláme spolu balík peněz!"*

A tak golfař vezme žábu a odletí do Las Vegas. V kasinu mu žába pošeptá:

„Jdi ke stolu, kde se hrají kostky a vsaď všechno, co máš, na lajnu."

Krupiér hodí sedmu a chlápek s žábou vyhraje 100 000 dolarů. Pak vezme žábu nahoru do pokoje a žába řekne:

„Polib mě!"

Když ji políbí, promění se v nejkrásnější dívku, jakou jste kdy viděli – s tmavě modrýma očima, blond vlasy, nádherným úsměvem – a je jí čtrnáct let.

„A přísahám, slavný soude, že přesně takhle se ta dívka dostala do mého pokoje."

A teď (trochu) šílená pravda:
Lucie se bála, že ji zastřelí (a měla recht!)

Moderátorka Lucie Výborná je známá, protože je moderátorka, má vynikající fyzičku a miluje adrenalinové sporty. Jako šéfredaktorka byla služebně v Holandsku. Už odlétala, byla na letišti odbavená a najednou se jí chtělo na záchod. Odběhla rychle od svého kosmetického kufříku. Pak se vrátila a... kolem jejího zavazadla byl „uzavřený prostor" a všude pyrotechnici a ostřelovači.

„Ukončete nástup do letadla," znělo z amplionu, a Lucie měla dvě možnosti,

buď se na své osobní věci vykašlat, nebo přeskočit zátaras, vrhnout se ke kufříku a nechat se – **odstřelit!**

Lucie v Amsterodamu vyvázla. **Odstřelili** ji nečekaně v Praze v zaměstnání.

Jak přežít nečekaná dramata

Miluji filmová dramata. Možná proto, že mají své pevné zásady. A ty se dají shrnout do těchto bodů:

1. Hrdina ve filmu vždycky, ať se děje, co se děje, zůstává v domě plném vrahů!

2. Hrdina prchá vždycky po schodech směrem vzhůru!

3. Když nastane výbuch, tak letí hrdina pokaždé zpomaleně vzduchem zásadně čelem na kameru...

Málokdy ti Bůh dá záchranný kruh

DOKUD NÁM DÁNO, DÍK ZA KAŽDÉ RÁNO!

Celý život, kdy jsem s tátou bydlela v jednom bytě, na mě otec ráno čekal v kuchyni, a když jsem tam s ním pila kávu, tak mne (už absolutně poučen z denního tisku, rádia i televize) informoval o všech katastrofách, neštěstích a počtu obětí.

Když jsem byla těhotná a čekala jsem své druhé dítě, chtěla jsem to tátovi nějak netradičně sdělit. Byla jsem asi ve čtvrtém měsíci a předložila jsem mu snímek z ultrazvuku.

Táta obrázek (na černém papíře bílá skvrna) chvíli ostražitě pozoroval a pak se zájmem vzhlédl.

„Co je to?“ zeptal se. *„Hurikán?!“*

Svým způsobem měl otec pravdu. Můj syn byl živel. Těžce přicházel na svět. Porodem jsem byla velice zmohlá. Tak zmohlá, že když mi (pod dvou dnech utrpení) paní doktorka řekla: *„Blahopřeju! Máte krásného, zdravého chlapečka“*, tak jsem zareagovala:

„To je skvělý. A jak se jmenuje?!“

No... Asi za čtyři roky jsme šli celá rodina na pohřeb strýce Slavomíra. Nejdřív jsme byli v restauraci, servírka tam všem rozdala jídelní lístky. Jen synovi ne. A on taky chtěl svůj lístek! Jenže servírka mu řekla:

„Ty máš lístek napůl s maminkou!“

A syn jídelní lístek okamžitě vzal a roztrhl ho na dvě půlky.

Taky jsme kupovali smuteční květiny. To Péťu nezajímalo, na náměstí ale uviděl stánek a zeptal se, jestli by nemohl dát strýčkovi na hrob nafukovací balonek. Váhali jsme, ale dovolili jsme mu to. A potom nám dalo velkou práci tvářit se vážně.

Syn totiž na náhrobní kámen přivázal červený balonek s velikým nápisem: *„Brzo se uzdrav!“*

KDYŽ JE NĚKDO ZLÝ, NABERTE HO KLY!

Mou dceru Natalku – předloni uprostřed léta – náhle ve tři odpoledne – začalo bolet bříško. Natalce bylo devatenáct.

V 19 hodin mi volali z nemocnice, že je dcera na chirurgii a že jede na sál. Měla jsem právě křest své knížky, rychle jsem zakončila interview s novináři a jela za Natálií.

V nemocniční chodbě se ke mně přiblížil divný chlap. Divnou češtinou mi řekl, že vypadám **super** a že budeme spolu dělat lásku. **Teď hned!**

Na křtu jsem dostala velkou kytici. Chtěla jsem ji dát sestřičkám. Teď jsem ale rozvité slunečnice hodila padouchovi do obličeje a rozběhla se přesně po vzoru filmových hrdinů liduprázdnou chodbou někam ke skladům. Pak jsem zahlédla schodiště, vrhla se k němu a běžela vzhůru. Já (na vysokých podpatcích) – před statným chlapem v teplákách – **prchala vzhůru!**

Chlap po mně chňapl skrz zábradlí. Chytil mě za kotník. Vyškubla jsem se. Kopla ho. Běžela dál. Křičela jsem:

„Pomóc! Přepadl mě! Pomoc!“

A manžel řekl:

„Pssst! Neřvi! Právě jí operují slepé střevo, tak ať z tebe nejsou nervózní!"

ŠTVE TĚ ŇÁKÉ TRDLO? TAK SI PROLIJ HRDLO!

Bojím se výtahů. Vím, že můj kamarád jednou v práci ve výtahu uvízl přes víkend a že ho zachránilo jen to, že měl s sebou demižon moravského vína. Vím, že se před pěti lety ve výtahu uškrtil na vodítku pes Alex ze čtvrtého patra, a taky vím, že výtah je ideální místo pro strašně vášnivý sex a taky pro lupiče, maniaky a vrahy.

Tuhle jsem šla na obecní úřad. Na byťák. Do pátého poschodí. Ve výtahu nás bylo asi deset. Najednou se zastavil. Samozřejmě že mezi patry. Jeden pán hned zmáčkl tlačítko SOS a ve výtahu začala okamžitě hrát hudba (myslím, že to bylo Vivaldiho „Čtvero ročních období") a z reproduktoru se ozval melodický hlas:

„Závada bude odstraněna co nejrychleji. Zatím žádáme všechny, aby v žádném případě neopouštěli kabinový prostor!"

ŽERTOVAT SE MŮŽE, I KDYŽ VÁS STAHUJÍ Z KŮŽE!

Ve Vídni jsem nakupovala v novém obchodním domě na Kärtnerrstrasse. Jela jsem tam výtahem. Narvaná kabina se zastavila ve třetím patře. Dveře se otevřely. Venku byl mladík a evidentně váhal, jestli se k nám vejde. Dáma vedle mne nesympaticky zareagovala.

„*Maximálně šestnáct!*" vykřikla.

A mladík se zasmál a řekl: „*Fajn, mně je teprv patnáct,*" a jel s námi...

Manžel mé kamarádky Hanky nepatří k lidem, kteří mají dobrou paměť na data. Jednoho dne se rozrušeně přiřítil domů, svíral obrovský balík a hrdě volal:

„*Miláčku, všechno nejlepší k našemu desátému výročí! To jsi v šoku, že jsem nezapomněl, viď?!*"

„*To jsem fakt v šoku,*" řekla Hanka. „*Asi proto, že dneska je to přesně deset let, kdy sis nebral mě, ale svou první ženu!*"

Tohle se stalo už dávno. Moje maminka byla ještě aktivní učitelka. Byla ve škole a držela dozor na chodbě. Žáci chodili jako idioti kolem dokola, pokřikovali, pošťuchovali se, řvali, zlobili... Máma se vyslovené těšila, až bude konečně konec přestávky. Pak zatleskala a zvolala:

„Zvonilo! Rozejděte se do tříd!“

Chodba se postupně vylidňovala. Máma ale šestým smyslem vycítila, že za zády pořád někoho má.

„A tebe se to týká taky!“ pronesla zvýšeným hlasem, otočila se a... stála tváří v tvář bustě Jana Ámose Komenského...

Trocha loterie nikoho nezabije

Jsem přesvědčená, že každý život, celý kosmos, všechny ideje i veškerá hmota jsou hrací kostkou neznámého hazardéra. A protože všichni chceme, abychom taky mohli hrát a ještě měli jistotu, že nám – právě **nám!** – padne šestka, tak mě zaujalo tohle:

Nejčastěji se prý lidé sázejí za úplňku. Za úplňku dokázal jeden Japonec vyhrát sázku, když za 42 minut snědl 144 hlemýžďů.

A jedna dáma v Brisbane v soutěži o největšího smíška zvítězila chechotem, který trval 4 hodiny a 1 minutu. Když jí řekli, že vyhrála, upřímně ji to rozesmálo a smála se vesele dál 4 a půl hodiny!

Poměrně neočekávaně zvítězil Charles Dauphin z Francie. Musel zaplatit pokutu za to, že nechal po silnici volně běhat drůbež.

Zaplatil. Ale k pokutě připočetl počet kachen a krocanů a vsadil si sportku. Vyhrál asi 450 000 eur.

Ve Španělsku vyhrála první cenu Sazky (asi 32 000 000 korun) osmasedmdesátiletá babička. Novinářům pak řekla, že za celý svůj život neviděla ani jeden fotbalový zápas a vůbec netuší, kolik má mužstvo hráčů.

Dne 14. dubna 1997 se Suzanne Henleyové podařilo v kasinu hotelu New York v Las Vegas obehrát „jednorukého banditu". Z tohoto typu hracího automatu získala 12 500 000 dolarů. Šestačtyřicetiletá dáma pak prohlásila, že hned když tu mašinu uviděla, měla takový zvláštní pocit...

Velkou sázkou do loterie je vždycky počasí. Pobavil mě proto inzerát v jednom švýcarském časopise. Bylo tam:

„Meteorologický ústav v Bernu přijme externí spolupracovníky trpící akutním revmatismem. Zn.: Oboustranná spokojenost.“

Meteorologický ústav v anglickém hrabství Berkshire zas vláda požádala o přesný oficiální výnos, kdy doopravdy končí a kdy doopravdy začíná zima. A odpověď ústavu zněla:

„Zima začíná, když spadne všechno listí ze stromů, a končí, když pupeny znovu vyraší.“

A víte, že každým rokem se lidé na Aljašce snaží odhadnout, kdy nastane jarní tání?! Sází se tu na počasí jako jinde na dostihy. A vloni bylo v jackpotu asi 308 000 dolarů.

Myslím, že je velmi důležité sázet na správné koně. Zvlášť teď je to velmi aktuální. A trochu inspirativní je výsledek ankety jednoho rumunského časopisu. V anketě dali tuhle (žertem míněnou) zákeřnou otázku:

„Co si myslíte o kandidatuře Williama Shakespeara na úřad rumunského prezidenta?“

Ohlas byl nečekaný. Třicet čtyři z padesáti dotázaných se pohoršilo, že se nějaký cizinec plete do rumunských záležitostí. Čtyři čtenáři prohlásili, že volit stejně nechodí, takže je jim to jedno, tři souhlasili a jen devět lidí poznalo, že se jedná o vtip.

Mám kamaráda, který emigroval v roce 1969. V Detroitu ho známí vytáhli na dostihy. Nikdy na nich nebyl. Ani v Chuchli ne. A tam ho nutili, aby si vsadil. Nechtěl. Neměl peníze a říkal, že tomu vůbec nerozumí. Ale pak si všiml, že se jeden z koní jmenuje „Golden Prague". Z čirého sentimentu po domově se rozhodl, že na „Zlatou Prahu" vsadí.

Jeho známí si rvali vlasy – kobyla byla naprostý outsider. Ale Robert měl pocit, že když kůň vyhraje, on se jednou určitě ještě vrátí do Čech. „Praha" vyhrála a nejpikantnější je, že porazila jasného favorita. Hřebce, který se symbolicky jmenoval „Red Star" (Rudá hvězda)!

Mimochodem: pamatuji si, jak jsme jednou byli s otcem na tenise. Bylo mi asi deset. Na Štvanici se hrál Davis cup a můj otec tam tehdy viděl chlapečka, který měl na sobě tričko právě s nápisem Rudá hvězda. Mého antikomunistického, antisocialistického tatínka to velice rozhodilo. Vzrušeně vykřikl na celé kolo:

„V životě jsem neviděl takhle zneužívat dítě!“

Můj bratranec je lékař. A holduje karbanu. Jednou večer se stalo, že když doma zvedl telefon, ozval se ve sluchátku naléhavý hlas jeho kamaráda:

„Potřebujeme okamžitě čtvrtého do mariáše.“

Bratranec slíbil, že tam bude hned. A když si oblékal kabát, tak se ho má švagrová zeptala:

„Musíš k případu? Je to vážné?!“

A můj bratranec ustaraně odpověděl:

„Ano, velmi vážné. Jsou tam už tři mí kolegové.“

Nejznámější sázkař na světě měřil jen 148 centimetrů, jmenoval se George Osbaldeston a byl známý jako „Kavalír Anglie“. Ten se jednou vsadil o 1 000 liber, že ujede na koni 320 kilometrů rychleji než lokomotiva, kvůli sázce hrál bez zdřímnutí 50 hodin kulečník a taky, protože se vsadil, dokázal zachránit důležitý kriketový zápas v totální opilosti se zlomeným ramenem. Kavalírovi stačilo jen říct: *„O co se vsadíš?“*, a George byl hned schopen všeho.

Můj pradědeček (o kterém jsem ještě nikdy nemluvila) měl v Polabí statek a byl taky vášnivým hráčem. Jednoho večera se v hospodě vsadil, že má nejstarší statek v kraji. Prohrál. A vsadil se bohužel – o svůj statek! Byl úplně zdrcen. Nevěděl, jak tuhle hroznou novinu oznámí své ženě (prababičce). Ta mu naštěstí vyšla vstříc. Když se nad ránem vracel, uvítala ho slovy:

„Takhle se chodí domů?!“

A můj pradědeček odvětil:

„Jakýpak domů?!“

A jakou radu bych vám dala na závěr? Asi tuhle:

**Nevyhrožuj pěstí
tomu, kdo má štěstí!**

P. S.: A víte, co řekla jednou Agatha Christie? ***„Ideální muž nepije, nekouří, nehádá se, nesází a... neexistuje!“***

Jak přežít nedostatek času

Filmový režisér angažuje herečku.
„*Kolik je vám let?*“ ptá se jí.
Herečka sklopí oči a mlčí.
„*Rozhodněte se rychle,*“ povídá režisér.
„*Každá vteřina zhoršuje vaši situaci.*“

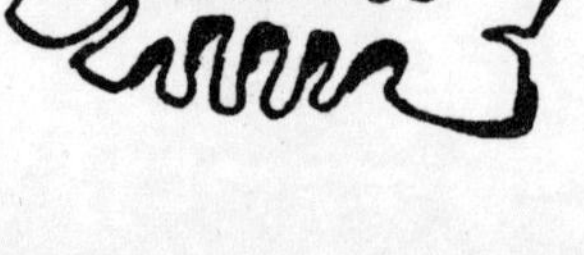

Hoď do smetí předsevzetí! Život letí jak splašenej bejk, take it easy, nech ho bejt!

AŤ VEZME ĎAS TY, CO NEMAJ ČAS!

Jedna elegantní dáma, která zastupuje významnou firmu na hodinky, zjistila, že Marek Eben má velmi staré hodinky, a řekla mu, že by pro její firmu byla velká čest, kdyby Markovi mohli darovat nové hodinky. Marek se zdráhal, ale pak souhlasil. Já jsem tu stejnou dámu potkala na večírku asi za měsíc. A ona zjistila, že já vůbec nemám hodinky, a řekla mi, že by pro její firmu byla čest mi je věnovat. Zdráhala jsem se, ale souhlasila. Daly jsme si schůzku, aby mi dáma hodinky předala, ale ona na poslední chvíli rande odvolala. Před dalším termínem schůzky mi opět volala a udýchaně mi sdělila, že mi hodinky zatím nepřinese, protože mají vadný pásek, a že tedy nemá cenu se scházet. Pak opět volala, že je moc dobře, že jsme se nesešly, protože teď její firma vyrábí hodinky ještě mnohem luxusnější než ty, co mi původně chtěli dát, a právě tyhle hodinky bude pro její firmu ctí mi darovat...

No... Marek má pořád své staré hodinky, já jsem pořád bez hodinek. Ale ani jeden z nás si hodinky nedovolí koupit. Oba totiž nechceme urazit firmu, pro kterou bude ctí nás obdarovat. Dámu, která nám má dar slavnostně předat a která nám hypotetický dar vnutila, jsme ale Marek ani já už přes dva a půl roku neviděli...

NEVĚŘ DĚTSKÉ NEVINNOSTI, ZMLAŤ JE VE SVÉ DOSPĚLOSTI!

Přiznám se, že nejsem dochvilná. Omlouvám se právě tím, že nemám hodinky, anebo tím, že bydlím od narození v centru Prahy. Tím pádem mám pocit, že je všude blízko. Tím pádem mám dojem, že tam budu hned! A tím pádem vyrážím na každou schůzku v momentě, kdy už tam mám být!

Nedávno jsem zaslechla, jak má sekretářka úplně vážně říká:

„Paní šéfredaktorka přijde asi o čtvrt... až asi o dvě hodiny později..."

Syna jsem zas přistihla, jak někoho do telefonu informoval:

„Máma říkala, že přijde v sedm. Já osobně bych to tipoval tak na devět. Ale nevím, jestli dneska!"

Čas je velmi relativní pojem. Například pro mne je půlnoc večer, pro mého manžela je to čas nejhlubšího spánku a pro mého otce je půlnoc už skoro ráno... Jednou jsem kolem půlnoci volala známé redaktorce. Její dcera to vzala.

„Spí už maminka?" zeptala jsem se.

Holčička řekla:

„Jestli spí, pochybuju. Ale je ve Varšavě!"

KDYŽ JSI SEDLA TCHYNI NA LEP, MANŽELOVI ÚSTA ZALEP!

Moje přítelkyně Jana je milovnice koček. Vždycky má doma v Praze aspoň jednu kočičku. A na chalupě se stará o víc jak pět koček. Vyprávěla mi, jak se s manželem po hrozně dlouhé době chystali společně do divadla. Jana byla hotová dřív než muž. Ten pořád váhal, jestli má mít motýlka nebo kravatu, a radil se nejen s Janou, ale hlavně se svou matkou, s tchyní. Jana už netrpělivě volala taxík. Taky pustila do zahrady kočku. Ta ale využila okamžiku, kdy Jana dveře pootevřela, a zase vlítla do domu zpátky. Řidič taxíku už byl nervózní. Jana se ho snažila uklidnit.

„Manžel už přijde,“ řekla mu. *„On se jen ještě rozloučí s matkou...“*

V tu chvíli manžel skutečně vyběhl z domu. Byl zadýchaný, rudý. Vyhrkl:

„Ta bestie se schovala v ložnici pod postel, ale nakonec jsem ji vyhnal ramínkem!“

NENECH SE ŽRÁT, MĚJ LIDI RÁD!

Nenávidím milostné čekání. Úplně nesnáším čekání na telefon. Je mi zle ze zoufalých pochybností, zda se mohu jít vykoupat, zda zrovna nebude ON volat.

Taky mě mučí čekání v restauraci, kdy se mi chce na záchod a bojím se vzdálit, aby zrovna ON nepřišel, neviděl mě tam a nezmizel z mého života navždy.

A hystericky nerada čekám na řemeslníky. Když jsem potřebovala opravit pračku, tak rozhovor s opravnou vypadal takhle:

„Kdy to přijdete opravit?"

„Mezi druhou a šestou."

„Nelze to nějak upřesnit?"

„Ale jistě!"

„Tak kdy přijdete?"

„Mezi druhou a šestou!"

Nedávno jsme si s holkama vypracovaly test, z kterého jasně vyplynula tato fakta:

Když vám kadeřnice řekne, že budete za hodinku, je evidentní, že jde o dvě hodinky!

Když vám zdravotní sestra řekne, že se na vás pan doktor podívá v deset, je jisté, že se na vás podívá v jednu.

A když vám domorodec řekne, že tam budete „cobydup", tak vás čeká ještě pětadvacet kilometrů.

Pizzu vám domů nepřivezou za 25 minut, ale za 125 minut.

A když v rádiu (na Frekvenci 1) vaří v sobotu od rána do poledne oběd, tak není pravda, že celé menu máte hotové „v cukuletu“.

Naše statistika zároveň prokázala, že „pohoda u ranní kávy“ trvá nanejvýš třicet vteřin, šťastný sex je rychlejší než světlo a o půlnoci slupnutá kobliha je nejkratší hřích, za který se nejdéle pyká.

Bez čeho nelze žít?! aneb Třiatřicet nevšedních zážitků každé z nás!

Byla jsem tehdy poprvé na pedikúře, seděla jsem za zástěnou a nebyla si jistá, zda má ztěžklá chodidla odpovídají mému věku. Jestli, prostě řečeno, nemám nohy jako stará želva.

„Ujdou, že?!" vpadl mi do pochmurného toku myšlenek ochraptělý hlas. Patřil dámě. Seděla za zástěnou a neviděla mě. Já neviděla ji. Jen jsem slyšela. *„Jen pár otlaků, co? Na to, že je mi devadesát, toho ty ťapičky vydržely dost."*

Pedikérka vydechla úžasem. Já zbledla závistí. Babička sametově pokračovala:

„A ani klouby mě nebolí, ani záda, ani žaludeční potíže nemám a někdy mě mrzí, že mi ještě pořád slouží paměť." Stařenka se nadechla. *„Mám jediný problém. Nebaví mě žít!"*

Ticho za všemi závěsy bylo absolutní. Stará dáma brutálně dodala:

„Nebaví! A přitom já se tak snažím! Čtu! Chodím na výstavy. Na premiéry! Do kina. Nezabírá nic. Jako bych to všechno už zažila. Už mě nebaví nic!“

A pak se zleva za plátěnými puntíky ozvalo:

„Jedla jste někdy i šneky?!“ Otázku položilo děvče. Hlas mělo plný očekávání.

„Šneky?!“ odfrkla stařena. *„Šneky jsme do války jedli každý rok na Štědrý den! A letos jsem si je dala taky. Dceru z nich chytil žlučník.“*

„A to vás ani nebaví vidět, jak vaše děti rostou?“ zeptala se snaživě pedikérka.

„Děti?!“ zachechtala se dáma. *„Dceři je sedmdesát jedna a synovi šedesát devět. Mám taky dvanáct vnoučat a devět pravnoučat. Nejstarší vnučce je dvaapadesát a mé první pravnouče už oslavilo třicátiny. A taky mám prapravnoučata – dvojčata, a těm bylo včera šest!“*

„A co takhle cesta kolem světa?“ odvážil se zeptat nějaký muž, co seděl za plentou u okna.

„Dvakrát absolvovala!“ odsekla baba. *„Jednou jsem byla novomanželka, potom vdova!“*

„No a co takhle... když svítí sluníčko, to vás taky nebaví žít?“ optimisticky zaútočila paní vedoucí.

„Miláčku, nejsem přece senilní!“ zavyla stařenka. *„Sluníčka jsem si už taky užila dost!“*

„A co...,“ paní vedoucí se nechtěla vzdát. *„Co takhle třeba jít do přírody nebo si dát dortík s kamarádkama?“*

„Přírody mám tak akorát, když všem svým kamarádkám obejdu hroby,“ řekla nekompromisně dáma.

A pak někdo tak divně, jakoby seshora řekl:

„A co vás vlastně v životě bavilo? Bez čeho jste se nemohla obejít? Co by podle vás měla zažít každá opravdová žena?“

A najednou byl na pedikúře klid.

Pak jsem tam šla až za šest měsíců. (Má noha se tvářila, že od posledního ošetření uplynulo minimálně šest let!) a vedle mě za chvíli zadrnčel známý stařecký hlas:

„Tak už to mám! Sepsala jsem třiatřicet věcí, které mi – určitě aspoň do padesátky – dokázaly lehce zpříjemnit onu banální linku mé ženské existence. Tady je máte:

1. *Každá žena by měla aspoň jednou zažít okamžik strachu, že zabloudila sama samotinká v lese.*

2. *Každá z nás by zhruba tak v osmnácti měla své matce říct: ‚To, že jsem s tebou o Vánocích, je proto, že to chci já! Ne proto, že to chceš ty!‘*

3. Aspoň jedenkrát za život by měla přijít chvilka, kdy je žena schopna říci: ‚Hele, víš co, miláčku, padej! Už tě nechci nikdy vidět!'

4. Předvést striptýz! Tak vášnivý, že ON padne ochrnut k zemi, aby se zase touhou zvedl!

5. Každá žena by měla zažít aféru se ženatým mužem. Měla by být přitom sama vdaná a měla by si zpupně skandovat: ‚Ať žije mé špatné svědomí!'

6. Aspoň jednou v životě bychom měly – my ženy – vyrazit na lov. A nějakému pěknému chlapíkovi u baru poslat s gestem profesionálky sklenici whisky.

7. Rozhodně by si měla každá žena pořídit aspoň jednoho kamaráda homosexuála.

8. Jedinkrát v životě stojí každé ženě za to nakupovat všeho do vyčerpání svého dechu i konta. (To konto nemusí být nutně jen její!)

9. K ženě patří pomsta. Sladká.

10. Tohle je nezbytné. Každá žena musí určitě prožít chvíli, kdy se k ní někdo nakloní a něžně zašeptá: ‚Vezmeš si mě?'

11. Orgasmus se musí zažít! A aspoň jedenkrát v životě ho musí žena předstírat!

12. Sex se ženou! V nejhorším stačí jen takové to divoce pubertální muchlování!

13. Doporučuji najít si mladého milence! Svést ho a užít si to!

14. Vrhnout se do bazénu z můstku nad tři metry, skočit padákem, pružit na laně nad propastí anebo letět na rogalu.

15. Aspoň jednou milování tam, kde je to zakázáno. Na záchodě v letadle, v bazénu, v kině, v prádelně, ve výtahu... (Nemusí to být nutně v narvaném supermarketu, i když na mrazáku s pizzami můžete vypadat dekorativně...)

16. Nutně musí žena aspoň jednou zažít, že si tajně udělá těhotenský test a za třicet sekund tam uvidí: Negativní!

17. Každá žena by měla mít možnost (aspoň jednou) v pátek kvečeru sednout neplánovaně do letadla a víkend strávit v Římě, v Benátkách anebo v Paříži.

18. Co ještě je nutné jednou prožít? Švédskou trojku! (A minimálně jeden akrobatický sex podle Kámasútry.)

19. Mít dítě! Aspoň jedno! Anebo mít kamarádku s potomkem, o kterého se staráte jako o vlastního.

20. Plastická operace! Aspoň jedna žádné ženě rozhodně neublíží! Ať ji podstoupí kdykoliv a čehokoliv!

21. Aspoň jednou si musí žena své dlouhé vlasy ostříhat na ježka!

22. Aspoň jednou by žena měla myslet na životní pojistku a stavební spoření.

23. Každá žena musí prožít tři diety bez výsledku!

24. Proflámovat tři dny a tři noci! To se taky sluší. A kruhy pod očima pak nést na své tváři jako klenoty se třpytem zkušenosti.

25. Každá žena by si měla pořídit aspoň jednou ručně šité boty.

26. Auto na šrot? Jednou? V pořádku.

27. Rande na inzerát? Jednou? Klidně!

28. Co ještě zažít? Hnusnou trvalou, spálené vlasy a pocit: ‚A je mi to fuk!'

29. Každá žena musí aspoň jednou v životě pomoct z krize své nejlepší kamarádce.

30. Jedna zkušenost s kartářkou je taky nutná. Proto, abychom věděly, že za ty prachy ‚za budoucnost' by bylo rozumnější koupit si něco na sebe.

31. Aspoň jednou... jedinkrát... je nutné svému šéfovi říct: ‚Vlezte mi na záda, debile!'

32. Každá z nás prostě musí zažít aspoň jeden hysterický záchvat!

33. A každá žena si musí aspoň jednou uvědomit, že přijde chvíle, kdy si bude muset sama pustit počítač, video a plyn!"

Po stařenčině projevu na pedikúře dlouho nikdo nepromluvil. Až pak – zas tam úplně vzadu se ozval ten zvláštní hlásek. Jakoby seshora. A ten pevně řekl:

„No tak vidíš, jak jsi v životě zlobila, Maruško. Takže víš co? Já tě tady nechám za trest až do sto třiceti!“

P. S.: Jediné, co jsem si ze všeho odnesla, je, že mám ještě čas. Nezažila jsem totiž minimálně tři... ne... dvě věci, bez kterých život ženy nemá žádnou cenu. Takže... co z toho vyplývá? Snad rada:

Dokud neznáš všechny chutě,
nemysli na „věčné kutě“!

Jak přežít potupu

Jake našel na pláži láhev, otevřel ji a z láhve vyletěl džin.
„Jsem džin a splním ti tři přání,“ řekl.
„Skvělé!“ zaradoval se Jake. *„Nejdřív chci miliardu dolarů.“* Zablesklo se a Jake držel v ruce papír s číslem konta ve švýcarské bance.
„Teď bych chtěl nové ferrari.“ Další záblesk a vedle Jakea stálo zářivě červené ferrari.
„A nakonec chci být neodolatelný pro ženy,“ poručil Jake. Znovu se mohutně zableskne a Jake se proměnil v krabici čokoládových bonbonů.

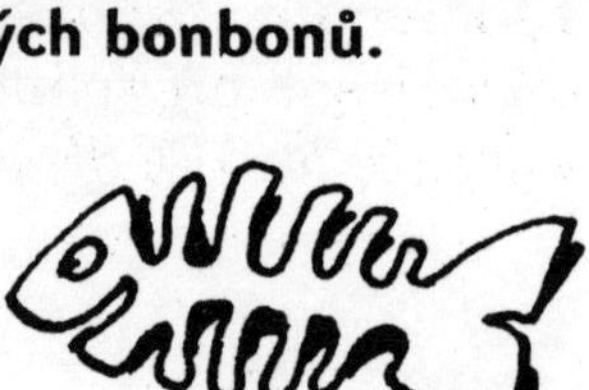

Jdeš-li světem s holou řití, nevěř všemu, co se třpytí!

I V HOLLYWOODU HVĚZDNÁ ZÁŘ MÁ SVOU ZADNÍ TVÁŘ

Nedávno jsem chtěla velmi zapůsobit na své známé. Dva příjemní muži z nějaké superagentury mne pozvali na kávu. Seděli jsme v kavárně, hezky bylo, byli jsme u stolečku na chodníku. Šla kolem paní a při pohledu na mne se zarazila. Pak se šťastně usmála a řekla mi:

„*Jste to vy? Že?! Ta z těch...,*“ chvilku si nemohla vzpomenout, „*Rybiček?!*“

„*Ano,*“ řekla jsem přehnaně skromně, ale líbilo se mi, že muži vidí, jak jsem populární.

Dáma se tvářila pořád nesmírně optimisticky a pak se ke mně naklonila a dodala:

„A řeknu vám tedy upřímně, že... v televizi jste mnohem hezčí!"

Strašně jsem se znemožnila na letišti v Římě. S manželem jsem čekala ve frontě na odbavení. Dlouhé stání mě zmohlo, a tak jsem muže ve frontě opustila a hledala, kam bych si sedla. Nic poblíž nebylo, a proto jsem vzala zavděk pultem pro expedici zavazadel. Za chvilku jsem si všimla, že se na mě několik lidí usmívá. Trochu jsem znejistěla, zvlášť když jsem viděla, že někteří lidé pobízejí další lidi, aby se na mě taky koukli. Pozorně jsem se rozhlédla a v tu chvíli mi došlo, čemu se všichni smějí. Nad hlavou jsem měla displej a na něm pokaždé, když jsem se pohnula, zablikala obrovskými nápadnými zelenými číslicemi – moje váha!

A z toho vyplývá logická rada, jak přežít potupu. Jak?

Nevaž se! Odvaž se!

To mi připomíná, co se stalo mému kamarádovi (bydlí ve Filadelfii). Když v USA letěl, tak šel v letadle na toaletu, i když už blikalo světýlko před přistáním: *„Připoutejte se!“* Na toaletě se zdržel a pak se z amplionu na celý letoun ozvalo:

„Tady je pilot, vím, že tam jste, okamžitě vyjděte s kalhotama nahoře!“

VDOLKY PATŘÍ K ČESKÉ SELCE, A NE HADRY PO MODELCE!

Má přítelkyně Helena vážila nejdřív 58 kilogramů, po prvním dítěti 88 kilogramů a po druhém dítěti 128 kilogramů. Pak pracovala na Šumavě v restauraci a jednou tam za ní přijel její přítel, který ji patnáct let neviděl. Vstoupil do dveří, mile se na ni usmál a řekl:

„Nevíte, jestli tu dnes je Helena Vávrová?“

A Heleně v tu chvíli došlo, že vypadá tak, že ji její ctitel vůbec nepoznal, a tak se zajíkla a řekla:

„Nevím, ale já se vám po ní kouknu...“

Tuhle se mi podařilo zlikvidovat svou potupu z mládí. Totiž takhle: Byla jsem tehdy hrozně zamilovaná a on tak stoprocentně zamilovaný nebyl a já se moc trápila. Až teprve ON začal projevovat zájem a pořád mi volal a já nereagovala, až mi na mobil (ON) poslal SMS:

„Nebuď tak nedostupná, prosím, sejdi se se mnou, pojď se mnou aspoň na kafe...“ A já jsem mu zpupně (při vzpomínce na neopětované city) odepsala:

„Tu kavárnu už zrušili, brouku!“

Má kamarádka se zmítala v depresi, že stárne, a její přítel jí řekl:

„No ano, stárneš, to je přirozený proces!“

A ona se rozčílila a křičela:

„Ale to já nechci slyšet, já chci, abys mi řekl, že jsem mladá a krásná!“

A její přítel se taky rozčílil a upřímně řekl:

„No jo, ale mladá a krásná, to teda fakt už nejseš!“

Když kamarádova manželka dočetla knížku „Muži jsou z Marsu, ženy jsou z Venuše“, řekla manželovi:

„Ženy vždycky nepotřebují, aby za ně muži řešili problémy. Někdy jim stačí, když je obejmou a řeknou, že všechno bude v pořádku.“

Druhý den ráno zjistila, že má píchlé kolo u auta. Její muž si to prohlédl, pak ji objal, řekl jí, že všechno bude v pořádku, a jel do práce.

KOHO CHLEBA JÍŠ, TOHO PÍSEŇ ZPÍVEJ! OBČAS NA TO ZÍVEJ!

Při své první okružní cestě po Spojených státech zavítal Enrico Caruso (1873 až 1921, italský pěvec) taky do Filadelfie. Tam mu bylo doručeno naléhavé pozvání od místního milionáře. Chtěl, aby zpěvák v jeho domě uspořádal malý soukromý koncert. Pozvání bylo doplněno nabídkou velmi slušného honoráře. Honorář byl tak mimořádný, že Caruso nabídku mimořádně přijal. Přišel do milionářova sídla. V salonu byl pouze pán domu a jeho pes. Ke Carusovi ale stejně hned přistoupil milionářův tajemník a předal mu obálku se slíbeným šekem.

Caruso pokrčil rameny, zastrčil obálku do kapsy a přistoupil ke klavíru. Začal zpívat jednu ze svých nejoblíbenějších árií.

Pes začal okamžitě pronikavě výt.

Caruso přestal zpívat a podíval se přísně na hostitele:

„Co to má znamenat?"

„Promiňte, to mi stačí," řekl klidně milionář. *„Chtěl jsem jen zkusit, jestli můj pes bude výt i při* ***vašem*** *zpěvu. Při zpěvu mé ženy vyje vždycky."*

Mně se tuhle podařila taková strašná urážka. Pospíchala jsem hrozně a při tom telefonovala a najednou uprostřed chodníku stál ošuntělý člověk a měl sepjaté ruce, a protože jsem potřebovala hovor dokončit, tak jsem jen rychle začala šátrat v peněžence, nahmátla jsem padesátikorunu, vrazila ji tomu člověku do ruky a pokračovala jsem v chůzi. Zarazilo mne ale, že se ten chlap tak vyjeveně tvářil. Jeho výraz mne pronásledoval a mně za chvíli došlo, že ten muž nebyl homeless, ale že to byl můj kolega, šéfredaktor jednoho deníku, a že ty ruce měl sepjaté proto, že chtěl, abych se zastavila, aby mi mohl něco říct...

NEDĚLEJ NIC BEZ HLAVY, KDYŽ MÁŠ KOLEM FAKANY!

Můj přítel byl velmi pyšný na matematické pokroky svého šestiletého syna. Při nákupu v drogerii ukázal na baterie:

„Jedna baterie stojí 17 Kč. Kolik bude stát 10 baterií?"

„212 Kč,“ odpověděl syn.

Otec se začervenal a rychle změnil téma. Když byli o samotě, zeptal se syna, proč řekl 212 Kč, když přece 10 x 17 je 170 Kč.

„Zapomněl jsi na DPH,“ řekl chlapec.

Má dcera Natalka si tuhle zkoušela mé šaty a pak řekla:

„No není to špatný, ale mně jsou prostě nějak nesympatický lidi, co tohle nosej...“

Velmi potupeně se cítil můj kamarád, když si šel pro doktorát. Jeho žena tehdy měla malé dítě, a tak s ním nemohla na obřad, a manžel (kamarád) se pak vrátil domů, pyšně ženě ukázal rouru s diplomem, a když chtěl slova uznání, tak mu jeho žena řekla:

„Hm, pěkný, a chleba máš kde?!“

**I KDYŽ TĚ ŽIVOT ODŘE AŽ DOHOLA,
NIKDY SE NETVAŘ
JAK CHLADNÁ MRTVOLA!**

Mimochodem, Edison prý po letech strávených vynalézáním žárovky jednou v noci konečně došel cíle. Vyřítil se z laboratoře a proběhl domem do ložnice.

„Miláčku,“ zvolal na svou ženu, *„povedlo se mi to!“*

Žena se jen obrátila na posteli a zamumlala:

„Tak už pojď spát a... ***zhasni!“***

Má kamarádka Jarka se snažila zapůsobit na budoucí tchyni. Na první setkání se úžasně oblékla a jela až do Ostravy.

„Jsem moc ráda, že vás konečně poznávám,“ řekla způsobně.

A maminka milého ji přísně zkoukla a řekla:

„Jó! Tady už jich bylo!“

Mně se nedávno stalo, že jsem chtěla nastoupit do autobusu a zjistila jsem, že mám hrozně úzkou sukni. Moc jsem o tom neuvažovala a rychle jsem sáhla dozadu a zip na sukni si trochu porozepla. Pořád to ale nestačilo, a tak jsem zip povolila ještě o trochu. Pořád jsem nemohla dosáhnout na první schod, povolila jsem tedy zip do třetice. Pánovi za mnou v tu chvíli došla trpělivost, jemně mě chytil v pase a vysadil nahoru.

„Co si to dovolujete, na mě takhle sahat!“ rozčílila jsem se.

„Víte, madam,“ opáčil muž, *„když jste*

mi rozepla poklopec, tak jsem si řekl, že si budeme asi sakra dobře rozumět.“

Člověk nejlépe předejde potupě tak, že se potupí sám. Moc se mi proto líbil tenhle inzerát:

- „Ošklivý, hrubý, úskočný, nespolehlivý, nepoctivý, nepořádný, primitivní, 24 let, by rád pozval na romantickou večeři při svíčkách ženu 20–28 let opačných kvalit.“

Jak přežít potupu docela hezky vyjádřil Jan Vodňanský ve verších, které jsem lehce zkrátila...

Jsou chvíle, kdy i klaun
je svým způsobem down
A v onu chvíli marnou
kdy snad i růže vadnou
a jeho pohled volá SOS
tak se usměj a tak mu odpověz!

P. S.: Já osobně jsem přesvědčená, že

Jenom blbec tupý
dokáže být krutý!

O čem ženy sní

(Inspirováno manželem, který mě přistihl u ledničky a řekl:

„Pořád myslíš na to, co bys snědla, abys zhubla?!")

Klára si slibovala, že si toho redaktora dobře prohlédne. Byl neodbytný, volal denně. Dnes ale Kláře mimořádně volal i její dietolog a připomněl jí, že nepřišla na kontrolu své váhy už přes měsíc.

Klára si všimla, že redaktorovi je asi pětadvacet, má tlusté červené boltce, tlusté brýle a sestřih, který jí připomínal miminka v porodnici.

Pil minerálku. Kláře odsunul židli.

„Nebudete obědvat, že?" Obtížně se zasoukal do úzké mezery u zdi.

„Nebudu!" řekla Klára podrážděně.

„Jasně," řekl mladík. *„To si vy nemůžete dovolit..."*

Klára si zděšeně uvědomila, že se jí na pravém stehně roluje samodržící punčocha (i když Klára zhubla o 18 kilo, samodržící punčochy jí **držely,** jen když si je sama **držela).**

***„O čem** žena jako vy sní?"* zeptal se jí redaktor.

„***Co** ženа jako vy sní?*" poměrně logicky se přeslechla Klára. V sebeobraně hned zaútočila:

„*A co živí vás?!*"

Mladík zamžikal:

„*No... psaní...!*"

Obě punčochy sjely Kláře nekontrolovatelně nad kolena. Tam jí zaškrtily krevní oběh.

„*Jo!*" rozčílila se Klára. „*Psaním pitomých odpovědí na pitomé otázky.*"

„*Mohl bych tu otázku upravit...,*" rozčílil se redaktor. „*Víte, myslím si totiž, že žena jako vy to dělá ve dne v noci...*"

Vybočené palce v úzkých lodičkách začaly Kláru najednou tak tlačit, že se okamžitě snažila nenápadně vyzout.

„*Jako každej!*" zavrčela Klára. „*Ale v noci se už začínám ovládat.*"

„*To vám nevěřím!*" řekl hbitě ušoun. „*Každá **velká...***" Slovo osobnost mu Klára nedala šanci doříct.

„*Měřím jen 165 centimetrů!*" řekla suše.

„*Ale jste velká!*" trval na svém chlapec. „*A silná!*"

„*Každej je nějakej!*" odsekla Klára a uvědomila si, že se jí ramínka od podprsenky zařízla do kůže a teď jí porcují hrudní koš ze dvou stran podél.

„*Vy jste nejsilnější!*" zvolal redaktor,

skoro se dostal do euforie! Až se mu zamlžily brýle. Neviděl, že Klára zfialověla.

„Jsem úplně normální konfekční velikost!" řekla Klára.

„Přece nechcete, abych vám vyjmenoval všechny vaše největší..."

Pásek! Klára ho měla na poslední dírce, ale stejně nemohla dýchat. Zasípala: *„Nechápu vás. O co vám vlastně jde?!"*

„Abyste mi řekla...," mladík se zarazil, teď zas zrudl on. *Abyste... abyste byla milá!"*

Kila! Klára si ráno stoupla na váhu a zjistila, že má o padesát deka víc než včera, děsem se jí z toho zatočila hlava...

„Ne!" zareagovala prudce. *„V žádném případě! Nikdy!"*

Mladík se začal potit.

„Ale... proč, vždyť já si vás vážím a..."

Klára si všimla, že jí otekly kotníky nad lodičkami.

„Každý si mě váží!" vzdychla Klára.

Mladík horlivě pokračoval: *„Vím, že máte na víc, ale..."*

„Navíc!!" Klára vyvřískla. *„Tak jo! Tak mám! A co?!"*

„No a já vím, že... já nedělám žádný ramena, já vím, že kdybyste chtěla, tak mě můžete slupnout jako..."

Kláře se před očima udělaly růžové mžitky. Od soboty neměla nic sladkého v puse... Představila si zmrzlinu, šlehačku, čokoládu... **malinu.**

Nahnula se přes malý kavárenský stolek, olízla se a otevřela ústa...

„Mám vás rád..."

Tenký hlásek zněl odněkud nad Kláriným žaludkem. Způsobně si otřela ústa.

„Ne, už nemám hlad," odpověděla zdvořile.

„Tak jaké to bylo s tím novinářem?" zeptala se Kláry její asistentka.

„No... řekla bych, že...," Klára se na moment zamyslela, ***„že toho musím čím dál tím víc spolknout!"***

Jak přežít přepracovanost

Baví se spolu dva pštrosi. Jeden z nich říká druhému:
„Nevíš, proč my pštrosi pořád strkáme hlavu do písku?"
A ten druhý neochotně vytáhne hlavu ze země a odpoví:
„Nevím, jak ty, ale já hledám naftu!"

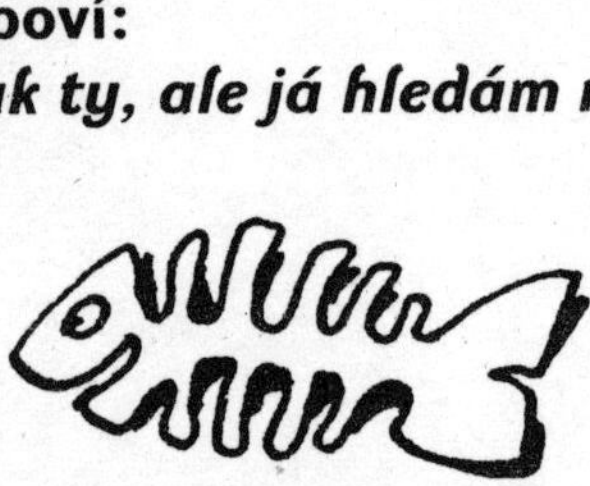

Vždycky je na houby cpát hlavu do trouby

KDYŽ SE CHCETE VYSPAT HEZKY, ZLIKVIDUJTE „ESEMESKY!“

Má přepracovanost se nejčastěji projevuje, když v noci chci svým známým sdělit velmi podstatné věci.

Snad nejabsurdnější situace se stala, když jsem měla dceru ve Francii. Tehdy jsem se chystala, že až se vrátí, oslavíme její narozeniny, a kupovala jsem jí proto dárky. Asi ve tři ráno jsem se rozhodla ji prověřit. Napsala jsem jí tedy SMS:

„Koupila jsem ti podprsenku. Bude se ti líbit!“

No a... zprávu jsem odeslala Štefanu Margitovi!

P. S.: Určitou logiku to mělo, byl totiž v té

době taky ve Francii, zval mě do Paříže na premiéru Janáčkovy „Jenůfy“ a já podvědomě přemýšlela, jak to zařídit, abych tam mohla odjet!

Nejpracovitější národ jsou Japonci. Z loajality ke svému zaměstnavateli si často nevybírají dovolenou i několik let. Přesčasy jsou samozřejmostí. S kolegy ze zaměstnání tráví čas i po práci. Pracovití Japonci jsou velmi vytíženi vyplňováním úžasného množství formulářů a papírů všeho druhu. Kladnou stránkou tohoto systému je, že se nic nezapomene a neztratí, na všechno jsou doklady.

Japoncům ale není dána do vínku improvizace. Středoevropan si tento charakteristický rys trénoval po staletí v chaosu, kdy musel vždycky okamžitě reagovat na vzniklou situaci.

Není známo proč, ale Japoncům se této vlastnosti silně nedostává, což sami považují za nedostatek.

V Japonsku je také zcela normální takzvané zaměstnání na celý život. Pokud je zaměstnanec přeložen na jiné pracoviště daleko od rodiny, stěhuje se sám, a domů dojíždí jednou za čas.

Dozví-li se Japonec, že více než jedna polovina naší populace se nestěhovala ani jednou za život a 26 procent pouze jednou za život, upřímně žasne. Stejně jako nad obecným konstatováním, že Čech je ochoten spíše změnit zaměstnání než se přestěhovat.

Matematici, kteří pracují pro pojišťováky, vypracovali několik zajímavých studií s cílem určit, zda příslušníci určitých profesí žijí déle než ostatní lidé.

Nejlépe z této studie vyšli dirigenti. Byla zjištěna celková úmrtnost o 38 procent nižší než u široké veřejnosti.

Vezmeme-li v úvahu jen dirigenty od 50 do 59 let, zjistíme, že široká veřejnost téže věkové kategorie je v úmrtnosti převyšuje dokonce o 56 procent, a přitom se zřejmě jedná o věkovou skupinu vystavenou nejtíživějším stresovým situacím, která obvykle nese nejvyšší odpovědnost.

Jela jsem tuhle z divadla a u pumpy jsem viděla ceduli ***NONSTOP 25 hodin.*** Fascinovalo mě to. Zeptala jsem se:

„Jak to dokážete? O hodinu víc, než má den a noc?“

Až za chvíli pumpař pochopil, o co mi jde, a řekl:

„Ach tak! Víte, já jsem totiž nemohl najít čtyřku!“

SNADNÝ ŽIVOT? JAK? O PRÁCI SI NECHTE ZDÁT!

Má kamarádka pracuje jako zdravotní sestřička na porodním oddělení. Tuhle v noci vtrhl na sesternu primář a ptal se:

„Tak kde máme tu úzkou pánev a obrácenou polohu?“

Kamarádka mu v šoku odpověděla:

„Pane doktore, vždyť tu žádnou nemáme.“

A primář šel okamžitě k telefonu a všichni slyšeli, jak do sluchátka říká:

„Jedu domů! Byl to jen strašný sen!“

Jednou jsme jeli s dětmi z Německa, byli jsme se tam rekreovat, jeli jsme po E 55 a Péťa (byly mu asi tři roky) se ptal, proč ty ženy u cesty jsou tak málo oblečené, když je venku zima, a proč tam vůbec takhle pozdě večer postávají. A já jsem koktala a vysvětlovala, že ty dámy pozorují auta, sledují, jestli by je někam neodvezla, a že jsou to speciální auta a speciální dámy a mají speciální práci, a má osmiletá dcera Natálie řekla:

„Ale Petře, vždyť to jsou přece prostitutky!“

A můj tříletý chlapec na to vědoucně řekl:

„Aha!“

PŘEKÁŽÍ TI KUTNA? NA TAHITI JE TO PUTNA!

Otec vždycky tvrdil, že chce jet na karibské ostrovy, že tam jsou totiž nejkrásnější ženy na světě! Můj tatínek, když koketoval, tak mluvil velice líbezně, že to znělo jako: titi titi rititi riti rititi.

Když tatínek jednou zvlášť intenzivně relaxoval v restauraci a snil nahlas o snědých krasavicích, tak se maminka rozčílila a řekla mu:

„Tak si jeď na Tahiti s těmi svými titiriti!“

Moje maminka žila vždy svým učitelským povoláním. Jednou šla do banky, ale při tom přemýšlela, že musí opravit písemky z matematiky, kterou psali její žáci. Přistoupila k okénku a podala úřednici šek s několika účty. Paní za přepážkou si zaznamenala potřebné údaje a podala matce účty zpátky. Maminka je měla podepsat. Maminka rychle zkontrolovala sumu. A pak, ke konečné částce, napsala: *„Dobře."*

Velmi přepracovaný byl kolega mé sestřenice-primářky. Sloužil nepřetržitě 48 hodin na chirurgickém oddělení. Do zápisu potom napsal:

„Pacientka přivezena po úrazu ve velmi těžkém stavu. Provádím resuscitaci, avšak za hodinu po příchodu na oddělení umírám."

KDYŽ POCÍTÍŠ Z PRÁCE STRES, TAK HODNĚ JEZ!

Můj kamarád před pěti lety, jako zástupce šéfredaktora, dostal mobil. Byl na telefon hrdý. Hned druhý den ocenil výjimečnost přístroje. Odebral se totiž na WC, aby vykonal velkou potřebu. Teprve když už bylo po „finále", zaregistroval, že tam není ani kousek toaletního papíru. Co teď? Vzpomněl si na zcela nový telefon. Průšvih byl ale v tom, že v paměti přístroje neměl zatím zanesené jediné číslo svých mobilních kolegů. Vlastně jedno ano! Můj kamarád byl totiž trochu servilní a jako první si uložil číslo generálního ředitele. To, že se dá z mobilu volat i na přímé linky, mu (asi z důvodu přepracovanosti) nedošlo. Zavolal tedy svému šéfovi:

„Pane řediteli, byl byste tak hodný a poslal za mnou vaši sekretářku Blaženku? Sedím v pátém patře na záchodě, druhé dveře zleva!“

Během hodiny o tom věděli všichni. Za čtyři roky dal kamarád výpověď. A když se loučil, tak mu generální ředitel řekl:

„Až zas budeš v hajzlu, tak brnkni!“

Náš jezevčík Eda (před rokem umřel) byl zvyklý být pořád s námi. Jednou jsme ho ale přece jen nemohli vzít s sebou. Byli jsme za tetou v nemocnici. Eda s námi po návratu nemluvil. Ale jak těžce odloučení nesl, jsme zjistili hned. Objevili jsme totiž úplně zničenou videokazetu. Byla rozžvýkaná nadranc. Nejvíc nás ale pobavilo, že Eda vztekle (a chytře) zdemoloval film „Sám doma“!

Kdysi jsem pracovala jako servírka. Do naší restaurace jednou vstoupila holčička s tatínkem. Má kolegyně Maruška okamžitě prohlásila, že si je bere na starost:

„S těma dvěma by mohly být problémy.“

Sledovala jsem pozorně, jak se jich ptá, co si dají k jídlu. Holčička zdvořile odpověděla, že chce husu. Maruška prudce, dost nepochopitelně, zareagovala:

„Nevím, proč by sis měla dávat jídlo pro dospělé za sto padesát korun, když ho stejně sníš jenom polovinu!“

Chtěla jsem zasáhnout. Vybavilo se mi vše o právech zákazníků. Zarazila jsem se v poslední chvíli. Holčička totiž sepnula ruce a zaškemrala:

„Já tu husu chci, prosím, moc prosím! ***Mami!“***

K povinnostem mé kamarádky – sociální pracovnice – patřilo také pomáhat hledat zaměstnání pro podmíněně propuštěné vězně. Zdálo se jí, že jeden mladík by se mohl hodit pro práci na jatkách. Úplně se změnil a v zaměstnání si ho nemohli vynachválit. Slyšela o něm jen to nejlepší. Asi za měsíc ji ale mladý muž sám vyhledal. Radikálně řekl:

„Už dál nemůžu, sakra! Já jsem přece zloděj! Ne vrah!“

Říká se, že:

- Bez práce nejsou koláče.
- Pečení holubi nelétají do huby.
- Kdo nepracuje, ať nejí.

Z toho vyplývá, že když máte pocit, že jste přepracovaní, tak si skandujte:

Nechte si své koláče,
Já si budu bez práce!

A moc se mně líbí, jak jednou reagoval vyčerpaný Chaplin, když mu jeho asistentka vyjmenovala, co všechno ještě musí stihnout. Tehdy vzdychl a tiše řekl:

„Kdykoliv chceš, seš volnej jako pták!

A to je fakt!

Speciální léčba doktora Müllera
aneb
Nejlepší přítel mě jako člověka...

Nutně jsem si potřebovala odpočinout. Podařilo se mi proto objednat si lázeňskou kúru. V rakouských Alpách se sirnatými prameny. Manžel nebyl nadšen, ale pochopil, že mé tělo i duše si ozdravný pobyt vysloveně žádají, a tak mě do lázní i odvezl. Tam hned žárlivě zkontroloval, zda se má čeho obávat. Zjistil, že lékař Alfons Müller je asi šedesátiletý podsaditý muž s pleší. Že recepční Hans se sedmdesáti lety a sto sedmdesáti kily taky není můj typ a poslíček Jürgen je stejně starý jako náš syn.

Ve čtvrtek večer jsem spokojenému manželovi spokojeně zamávala. Ve tři v noci jsem se vzbudila pícháním na prsou. Kašlala jsem do rána.

V pátek odpoledne mi doktor Müller předepsal speciální sirup. Měl zabránit šíření zánětu mých horních cest dýchacích. V sedm večer jsem se začala dusit. Doktor Müller mi vysvětlil, že mé problémy jsou jen alergickou reakcí na horské byliny.

A v sobotu jsem měla alergické reakce celý den. Měla jsem záchvat slepoty (trval asi šest hodin), záchvaty zimnice a chrlení krve (z nosu).

V neděli mi zeslábly nohy, recepční Hans mně ochotně pomohl do ordinace doktora Müllera. Ten mě uložil do speciální skříně a aplikoval na mě světelné efekty. Po půlhodině mě zabalil do prostěradla a zamkl do sauny. Měla jsem pocit, že jsem se tam vařila až do pondělí, ale doktor Müller tvrdil, že jsem do bezvědomí upadla už před půlnocí. Abych se vzpamatovala, hodil mě do nádrže s ledovou vodou. Byla na dvoře. Zrovna byl vítr o rychlosti asi sto kilometrů v hodině a voda mi šplíchala do obličeje, jako kdybych se topila na širém moři. Před smrtí mě zachránil pes. Vypadal jako náš jezevčík, kterému někdo zlomyslně (skoro až třikrát) prodloužil nohy. Neskočil pro mě jako „pes-záchranář", ale štěkal tak hystericky, že přiběhl Jürgen a podal mi tyč, po které jsem přeručkovala až ke schůdkům.

V úterý jsem nesměla z pokoje. Měla jsem horečku. Ležela jsem zabalená v igelitu a třech osuškách. Když to nepomohlo, tak si doktor nechal přinést z kuchyně led a kladl mi ho pečlivě po celém těle. Jezevčík s mrakodrapovými končetinami kňučel u mých dveří.

Ve středu mi konečně bylo trochu lépe. Sama jsem se dobelhala do jídelny. Ale nechutnalo mi. A tak jsem večeři, skoro celou, nabídla tomu neadekvátnímu psovi. Pak mi Jürgen půjčil berle své babičky a já se mohla projít lázeňským parkem. Náhle se rozhrnulo křoví. Z něho vystoupil muž v plášti. Vypadal úplně stejně jako ten hnusák, který se mi předvedl v celé kráse svého chlapství, když jsem šla ve třetí třídě ze školy do družiny. Tehdy jsem tak hlasitě vřískala, že přiběhl strážník. Teď jsem jen pootevřela ústa, ale ta mi hned přikryly měkké mužské dlaně. Když mi dovolily vydechnout, vydechla jsem úlevou. Ten muž z roští nebyl žádný odporný exhibicionista, byl to Alfons – doktor Müller! Když cítil, jak se strašně třesu, zjihl nad mou ženskou bezbranností, pevně mě k sobě přimáčkl a pak mě tiskl víc a víc a jeho rty hledaly moje, hledaly usilovně. Až je našly! A já – věchýtek zmohlý všemi existujícími viry – jsem se laskavému lékaři odevzdala vděčně jako každý smrtelník svému spasiteli. A pak doktora kousl do kotníku ten nablblý pejsek.

A pak byl čtvrtek. Můj muž si mě k autu odvezl na kolečkovém křesle. A pak třásl doktoru Müllerovi rukou a děkoval mu za jeho obětavou péči. A mnou v tu chvíli projela výčitka svědomí. Byla ostrá jako chirurgický skalpel. A pak zase přiběhl ten divný čokl. A mně došlo, že mohu být opravdu úplně klidná, protože mému pochybnému milostnému extempore byl právě jen on jediným, němým svědkem. A v tu chvíli se ten vořech postavil na své dlouhé zadní packy, přední položil mému muži na ramena a velice zřetelně řekl:

„Víš, já ti musím něco říct!“

Jak přežít zlozvyky

Brigitte Bardotová byla krásná. Nenáviděla každého, kdo ubližoval zvířatům. A ze všeho nejvíc nenáviděla účty. Jednou ji strašně zkritizovali v novinách. Vyšlo totiž najevo, že svému zahradníkovi za roční práci zaplatila tak, že mu dala pouze svou fotografii. Brigitte Bardotová nad výčitkami mávla rukou.

„No a co!" řekla. *„Vždyť to byl AKT!"*

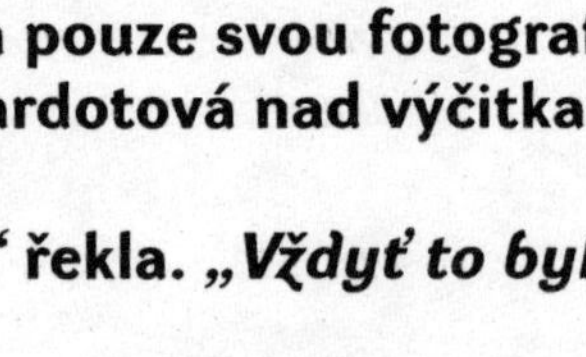

Nekritizuj otce, matku, za život jim děkuj, spratku!

DEJTE BACHA NA STARÉ PÁKY, HLÍDEJTE SI SAKY PAKY!

Kamarádka (a zároveň můj „sparing-partner“ při tvorbě téměř všeho) má maminku, která je nesmírně slušná žena. Je to dáma. Pohoršuje se každý den nad hnusnými činy, o kterých si čte v novinách, a nejvíc ze všeho ji štve, když někdo okrade druhého. Sama nikdy nic ve svém životě nevzala. Ale když jde na chalupě do lesa za humna, tak je šťastná, když si může domů přinést hrneček borůvek, košíček hřibů, suchou kůru na podpal.

Tuhle byla zase v lese. Přinesla klouzky,

přinesla si vřes a s vypětím všech sil přitáhla dva asi dvoumetrové špalky. Byla už tma. A tak dřevo hrdě opřela o zeď svého venkovského domku. Ráno ji probudil hluk. Zdálo se jí, že slyší smích. Smála se její dcera. A smála se **jí** – své poctivé matce! Na jednom z těžce přivlečených kmenů bylo totiž jasně červenou barvou obrovskými písmeny napsáno: *„Nekraď, kurvo!“*

LÍP NEŽ HADREM LEŠTI ŇADREM!

Můj tatínek reagoval často dost prudce. To byl asi jeho zlozvyk. Já ale za jeho největší zlozvyk považovala to, že když seděl u stolu a dívali jsme se na televizi, tak byl vždycky bos a šoupal nohama, jako kdyby jel na běžkách (mimochodem jsem otci jednou řekla, že to vypadá, jako kdyby jel na běžkách, a on mi na to docela vážně řekl, že byl výborný lyžař!). No, tak můj otec takhle pořád dělal a já jsem z toho byla tak strašně nervózní, že jsem ho chtěla zabít (to je takový můj trošku zlozvyk, že reaguji někdy moc prudce...). A pak jsme se přestěhovali do většího bytu a já byla šťastná, že už u toho tátova šoupání nebudu a že nebudu mít na koberci stopy od běžek.

A pak jsem se jednou rozhodla, že můj stůl, u kterého denně píšu, by potřeboval zrenovovat. Jsem na ten stůl pyšná. Pochází z doby vídeňské secese a velice podobný měl mistr seriálů pan Dietl. Tak tehdy přišel restaurátor, koukal na můj stůl a pak se zeptal:

„Jak to, že ta jedna sfinga (sfingy tvoří u stolu nohy) *je tak vyblýskaná na prsou? To je záměr?!"*

A restaurátor si pozval kolegu a potom dalšího a několik mužů pak zkoumalo, proč se jedna sfinga na mém stole leskne a druhá ne, a nepřišli na to a řekli, že musím z Německa objednat nějaký šíleně drahý speciální lešticí přípravek, aby mohli stolu naleštit i druhou nohu. Zaplatila jsem a restaurátoři sfingy opravili, když se pak po čase chystali na renovaci desky na stole, tak s hrůzou zjistili, že se zase ta původní sfinga leskne víc. Zkoumali leštidlo, chtěli ho reklamovat, chtěli koupit jiné, až náhle můj syn zvolal:

„Mami! Vždyť ta prsa leštíš ty!"

A měl pravdu! Vždycky když jsem psala, tak jsem se pomalu, ale jistě stáčela doleva, až jsem nohama dosáhla na hruď lvice, a přesně jako můj otec jsem jezdila jako vzorný běžkař nahoru, dolů, nahoru.

P. S.: Syn tehdy taky řekl: *„Až budou chtít někde něco nablejskat, tak by si tě mohli najmout! Tvořila bys hned dvě umělecká díla najednou!“*

Já jsem se snažila odnaučit svou dceru kousat si nehty. Nejdřív jsem jí pořídila takové speciální rukavice. Byly barevné a na každém prstě měly bambulky. Kousala ty bambule. Pak jsem jí začala prsty namáčet do pepře. Pořád měla zánět spojivek a kousala si nohy! A pak jsme jednou byly v Louvru a tam jsme stály před torzem Venuše a já se slyšela, jak říkám: *„Vidíš! A takhle dopadneš, když si budeš pořád kousat nehty!“*

LÁSKU ZPACKÁ TEN, KDO MLASKÁ!

Jedna má přítelkyně si pozvala domů snoubence. Chtěla ho předvést mamince, ale ta snoubencem vůbec nebyla nadšená. Když odešel, tak dceři řekla: *„Není nějakej divnej? Vždyť pořád dělal takhle.“* (Mladík si vždycky jako by spokojeně pomlasknul.)

Přítelkyně byla dotčená a tvrdila, že si ničeho takového nevšimla. Ale asi jí to dost leželo v hlavě, protože to svému snoubenci řekla, a on pak byl před druhou návštěvou u jejích rodičů tak ztraumatizovaný, aby „nedělal tohle“ (mlask), že se posilnil před příchodem alkoholem a pak byl tak soustředěný na svůj obličej, že si vůbec nevšiml, že jí polévku vidličkou. Ostatní si toho všimli. Hlavně maminka.

Přítelkyně si potom mladíka stejně vzala, a pak se s ním rozešla, a když jsem se jí ptala proč, že byl přece docela hodný, tak se tak zvláštně zatvářila a řekla:

„Prosím tě, vždyť pořád dělal takhle.“

(A mlask!)

U PLACENÉ HUSY NEDĚLEJ PSÍ KUSY!

Můj bratranec se v rodině své nastávající taky bůhvíjak neuvedl. Když totiž přišel poprvé na návštěvu, tak měli zrovna vepřové kotlety. Bratranec pečlivě okrájel všechno tlusté maso, pak odkrojil kost, pak dal stranou kousek knedlíku, pak ulomil z dortu kus těsta a pak bylo po všem a odcházel. Všichni se mu zdáli nějak zaražení a pak se ve dveřích ohlédl do obýváku a strnul. Na svém místě pod stolem na zemi totiž uviděl obrovskou hromadu potravin. Kost, špek, dort. Teprve v tu chvíli mu došlo, že se choval jako doma a všechno jídlo automaticky házel Azorovi. Problém byl jen v tom, že jeho nastávající neměla doma Azora – psa!

Kamarádka Irena se zas chtěla rodičům svého muže tak vlichotit, že jejich kocourka pořád hladila a dívala se mu do očí a dávala mu pusinky. A jejího tchána to tak štvalo, že se jednou neovládl a zařval:

„Přestaňte strkat tu svou tlamu na čumáček našeho Filipa!"

CHCETE DLOUHO ŽÍT? NECHTE ŽENU BÝT!

Za dost kuriózní zlozvyk považuji zvyk jedné dámy, která všechno otvírala obrovským nožem. A velkým švihem. Její manžel měl ovšem taky blbý zlozvyk. Pořád ji pozorně sledoval, co dělá. No a ona jednou takhle byla v kuchyni a velikým nožem otvírala sáček s plátkovým sýrem. Manžel stál za ní a pozorně ji sledoval. A ona pak udělala takový prudký švih, aby se k tomu sýru dostala, a dostala se k němu, a jak ji manžel pozorně sledoval, tak když igelit na pytlíku povolil, dostal kudlu přímo do tepny na krku – a umřel.

Já mám takový dost divný zlozvyk. Já totiž natahuji kovové svorky na papír. A poměrně masochisticky (po vzoru filmů o esesáckých výsleších) si je pak bodám pod nehty. Svorky natahuju pořád. A když je nemám, tak natahuji párátka, sirky, větvičky. Vždycky když jedeme někam dělat výrobní plány, tak mi má sekretářka dává plnou krabičku velkých svorek. A tuhle, když ze mne tryskala krev, mne napadlo, že si vlastně vůbec nemohu být jistá, že to dělá z pozorné lásky.

Ty natažené svorky nechávám ležet všude. Nedávno jsem byla na poradě u šéfa a on šel někam telefonovat a dlouho se nevracel, a já si musela náhle odskočit a... pak přišel šéf a tak divně se tvářil, a pak mi dal do ruky nataženou svorku a řekl:

„To bude asi tvoje!“

„No jasně,“ zasmála jsem se. *„Kde to bylo?“*

A šéf, s velice zvláštním výrazem řekl:

„Na záchodě! Na pánském!“

DĚTI JSOU SADISTI ENORMNÍ, NEBUĎTE PŘED NIMI POKORNÍ!

Mimochodem, tohle je ale otřesná historka. Jeden režisér – nemohu jmenovat, protože by mne zase žaloval – testoval vhodné partie pro svého hezkého syna. A používal k tomu trik, že si nevěsty vždycky pozval a svěřil jim, co jeho chlapec obvykle zvláštního dělá.

A jeho syn nechápal, proč od něj jeho partnerky vždycky tak prchají. Prozradila mu to až jeho současná žena. Velice odolná. Původem ze Sibiře. Řekla mu totiž, že tatínek ji zavedl do jeho pokoje a tam jí ukázal vázu, ve které byla žlutá voda. Zeptal se jí, jestli ví, co v ní je. Když nevěděla, tak jí prozradil, že do vázy chodí jeho syn už dvacet pět let čurat. Pak jí ukázal květináč.

„Sem taky čurá,“ řekl a pak se sehnul a zeptal se: *„A dovedete si představit, co dělá pod postel?“*

Na rozdíl od ostatních nevěst si to nedokázala představit, nechtěla nic vidět a šťastně spolu se synem s otřesnými hygienickými návyky žijí dodnes.

Mimochodem, jednou jsem režisérovi jeho pochybnou lustraci zcestného syna vyčetla. Ale umělce jsem nezastrašila. Bujaře pravil:

„No ale co dělá Pavel pod postel?! Co?“ A když jsem mlčela, vítězně dodal: *„H...! Nelžu! Opravdu tam dělá h...“*

A nakonec měl pravdu. Pavel tam totiž opravdu vůbec nic nedělal!

BUDE S VÁMI ÁMEN, KDYŽ ZTRATÍTE PLAMEN!

Jedna známá herečka (nemohu jmenovat, ale je to velmi známá herečka) má takový zvyk, že když někde je, tak si odtamtud prostě něco musí odnést. O téhle herečce se prostě ví, že krade! A jednou byla v maskérně a tam ji líčila maskérka a pak se otočila a zjistila, že jí chybí rtěnka – úplně nová rtěnka od Diora. A maskérce to všechno došlo, ale rozhodla se situaci nevzdat, a tak udiveně říkala:

„Ježíš, jak je to možný, teď jsem tady měla úplně novou rtěnku od Diora. Kde je?“ Herečka-zlodějka nic. Maskérka pokračovala: *„Teď tu ležela. Tady. Přesně* ***tady****, přece nemohla zmizet.“* A jako ji hledala. Herečka nic. A maskérka neúnavně dál. *„Zmizet prostě nemohla, že by se zakutálela?“* A hledala pod stolem a pod židlí a v koutech. A žbrblala: *„Leda že by ji vzal někdo neviditelnej.“*

A když to trvalo dlouho, tak herečka sáhla do kabelky, hodila rtěnku před sebe a řekla:

„Tak si ji sežer!“

Já tedy taky kradu. Chtěla jsem se přiznat, že můj zlozvyk je, že nevracím knihy, ale má spolužačka Jana z FAMU, s kterou pořád kamarádím a pořád i píšu náměty, boďáky a koncepty „Rybiček“, seriály a rady, mi řekla, že to není zlozvyk, že to je nemoc! Tužky kradu. A když mám autogramiádu, tak si jich někdy domů přinesu i dvacet. Jana ale taky není úplně v pořádku. Ta zase bere zapalovače. Nedávno si dělala pořádek v kabelce a na dně jich tam našla osmatřicet. K Vánocům proto nechala pro manžela na sto zapalovačů napsat nápis: *„Jsem jen tvůj, broučku.“* Výraz „broučku“ se ukázal velmi prozíravým, protože teď, když si nějakým zapalovačem Jana připaluje, tak ji nikdo nepodezřívá, že zapalovač není její.

KDYŽ JSTE TROCHU MIMO, POŘIĎTE SI LINO!

Mně připadá poměrně roztomilý zlozvyk mé kamarádky, která dává všechno do lednice. Klíče, peněženku, doklady. Jo... to mi připomíná – samozřejmě že většina mých zlozvyků mi připadá roztomilá. Já totiž neberu jen tužky a nemizí u nás doma jen knihy. Mně v ruce zmizí jakýkoliv papír. V mé kanceláři mi dají lejstro, já dojdu ke dveřím, už ho nemám a už ho nikdo nenajde. Nikdy.

Tuhle jsem jela do Vídně. Pak zpátky. Na hranicích jsem náhle s hrůzou zjistila, že nemám pas. Už jsem chtěla přeběhnout jako špion, když se na mne celník pozorně zadíval a německy zařval:

„To je ona!“

A pak přiběhl nějaký strašně naštvaný Polák, byl to řidič tiráku a v ruce držel můj pas. Řval ale, že mi ho dá jen tehdy, když mu já dám seznam prádla! Myslela jsem, že je blázen. A bála jsem se ho, a tak jsem jen tak pro formu hledala v tašce a najednou jsem v ruce držela takový tlustý svazek papírů a tam bylo polsky napsáno, že mohu do Rakouska vyvézt tři tisíce prostěradel, dvanáct tisíc polštářů a patnáct tisíc cích. Vyšlo najevo, že jsme oba byli u stejného pultu, kde jsme si měnili peníze, a že já jsem tam vyměnila za jeho smlouvy svůj pas. Tomu tirákovi jsem se ovšem nezdála moc roztomilá, protože kvůli mně stál na hranicích tři dny.

No, ale ta má přítelkyně všechno dává do té lednice a tuhle za ní přišel její manžel, známý právník, a stěžoval si:

„Teda Marto, já vím, že nejseš extra kuchařka, ale ta svíčková včera, ta se ti tedy fakt nepovedla."

Kamarádka nechápala, jaká svíčková! Pak vyšlo najevo, že její manžel snědl v noci celý kastrol s hydrovoskem.

SÁDLO, ŠPEKY, TUK, NÁM UŽ JE TO FUK!

Byla jsem nedávno v jednom velmi drahém, luxusním hotelu a trochu jsem se tam předváděla, protože se mnou byli lidé, kteří tu dřív žili, uměli česky, byli velmi úspěšní a já jim chtěla ukázat, že i my se tady nemáme za co stydět. A měli jsme stříbrné talíře i příbory a křišťálové sklo a kolem byly na stěnách fresky a všude živé květy a úžasná kachna se zelím a skvostné červené víno a pak přišla hezká servírka a řekla:

„Tak koukám, že ste to zdlábli sakumprdum všechno!"

CHCEŠ ŽÍT SLADCE, SYNEČKU? NEVOZ BLBCE V EMBÉČKU!

Mám kamarády – jazzové muzikanty. A ti když jednou jeli na turné, tak z Prahy až do Barcelony mlčeli. Měli ponorkovou nemoc. Nenáviděli se vzájemně.

Franta všechny štval, protože mluvil hodně a nahlas, Jirka všechny štval, protože pořád hýbal nohou do neznámého rytmu, a Petr všechny štval, protože pořád někde něco zapomínal.

Mimochodem právě bubeník Péťa promluvil v Barceloně jako první. Řekl:

„Jé, kluci, já si doma nechal bubny!"

Moje matka každý den začíná slovy: *„Ach bože!"* A je jasné, že nás čeká nějaká tragédie. Otec zas vždycky seděl v kuchyni, a když jsem tam vstoupila, tak řekl:

„Dnes to máme dva tisíce šest set mrtvejch!"

No a tuhle jsem vstala, svítilo krásně slunce, já koukla z okna, protáhla jsem se, zničeně vzdychla: *„Ach, bóže"* a otočila jsem se na dceru:

„Víš, že se potopil trajekt a v moři se utopilo dvě stě dvacet lidí?!"

Jeden z nejhorších zlozvyků je, když vás někdo neposlouchá. A nejhorší je, když vás neposlouchá moderátor, který s vámi dělá rozhovor.

Jednou se mě ptala bratislavská redaktorka, zda budu na plese bratislavské televize.

„Budete na plese televize?“

„Nebudu. Ale budou tam mí redaktoři i fotografové z časopisu a napíšeme o tom.“

A redaktorka s absolutně nádherným televizním úsměvem řekla:

„Hm. Ale bude aspoň na plese někdo z vašeho časopisu a fotografové a napíšete o tom?!“

No! A co jsem měla říct? Odpověděla jsem tohle:

„Ano, budou tam mí redaktoři a fotografové z mého časopisu a napíšou o tom!“

A pak kamery zhasly, redaktorka mě familiérně objala a řekla:

„Tak vidíte, že jste to zvládla.“

Taky občas zveličuju, dramatizuju. Ale jen jemně. Asi takhle:

„Mami, viděl jsem v zoo myš velikou jako slon."

„Poslouchej, Petře, už jsem ti aspoň dvaapůlmilionkrát řekla, že nemáš přehánět!"

Omyl snědé krasavice

Jaruška chodila s Petrem už šestý rok. A chystala se na dvacet dní dovolené. Jela jako vždy bez svého vyvoleného a jela (jako vždy) s celou svou rodinou. Jako vždy se jí zdály dny volna, ve kterých nevidí svého miláčka, absolutně k nepřežití. Rozhodla se proto ozvláštnit si letošní prázdniny tak, že si udělá přesný harmonogram vzpomínek na okamžiky, kdy se se svým milým loučila v minulých letech a kdy prožívala chvíle něhy i vášně. A Jaruška si věc zkomplikovala, že „šla" pozpátku v čase.

V pondělí si proto vzpomněla, jak vloni odjížděla do Řecka. S Petrem byli na chalupě a Petr ji požádal, aby mu z Řecka přivezla něco, co by mu (bez Jarušky) zahřálo srdce. Jaruška mu v Řecku koupila koňak Metaxu.

Za tři dny pod žhavým sluncem si Jaruška vybavila, jak odjížděla před dvěma lety. Jela do Francie. A Petr chtěl, aby mu přivezla něco, co mu bude vonět jako ona. Jaruška mu vlastnoručně natrhala levanduli, a když mu ji vlastnoručně sušila, tak ji museli odvézt na pohotovost, protože se málem udusila kvůli alergii.

Za další tři dny na pláži si Jaruška vybavila, jak před třemi lety cestovala do Španělska. Petr si přál, aby tam Jaruška objevila něco, co jí Petra připomíná, a Jaruška na trhu sehnala dřevěnou sošku plemenného býčka.

Uplynuly další žhnoucí dny. Jarušce se vybavila vzpomínka, jak jela do Švýcarska. Tehdy tam koupila Petrovi hodinky, aby mu došlo, jak jí bez něj beznadějně plyne čas...

Pak už Jaruška balila na cestu domů. Nostalgicky se ponořila do situace před pěti lety. Tehdy jela Petrova manželka do Kanady. Jeli i její dva synové. A právě tehdy Jaruščin a Petrův vztah vykulminoval do šťastných nocí ve volném Petrově bytě.

„Co žena?" zeptala se po manželčině příjezdu Jaruška. Měla tehdy strach, jestli Petrova manželka neodhalila stopy jejich nevídaného citu. Petr ale její otázku pochopil jinak.

„Žena?" pokrčil rameny. *„Nic moc! Vysušená, vrásčitá, stará!"*

Patnáct dnů se Jaruška smažila na vařícím písku, trápila se hladem a cvičila aerobik u Atlantiku. Když se chystala odjet, tak byla s Petrem na terase, před nimi ležela celá Praha, Jaruška ležela těsně vedle Petra a zeptala se:

„A co ti mám z těch Kanárů přivézt?“

A Petr se do Jarušky ještě víc vpletl a řekl:

„Co? Nic! Jen sebe!“

No. A Jaruška Petra poslechla na slovo. Do volného bytu, který Petrovi nechala bez dozoru, přivezla opravdu jen sebe. O den dřív. Nejdřív uviděla nahého Petra, pak nahou **ji**(!) a pak (v zrcadle) sebe. A co?

No... a byla vysušená, vrásčitá a stará!

P. S.: Já mám navíc natržený koutek a pupínek na čele jak nejvyšší hora na Tenerife.

Kdo přijde do pekla?

Tak. Noviny i televize mají problém. Umělci jsou rozhořčeni nad brutálními periodiky a neví, jak se bránit křivým spekulacím, názorům, lžím.

„Odborníci na etiku“ (to je přesná formulace, která se objevila pod jménem jednoho pána v televizi, stál před budovou brutálního bulvárního deníku, na které svítil jeho několikametrový název, a tím novinám poskytl neplacenou reklamu v hodnotě snad až milionu!!!) přemýšlejí, jak potrestat viníky, rehabilitovat nevinné a vymezit pravidla mediální šalby.

Právě teď je okamžik, kdy musím zdůraznit, že vše, co píši, je čistě můj soukromý názor a že ho dávám do týdeníku, kde psát své názory je v rámci mých pracovních povinností.

Můj názor je, že nelze určit „odborníka na etiku“. Etika je soustava mravních zásad. Jinou etiku vyznávají křesťané, jinou buddhisté, jinou bezvěrci. Jinou etiku mají komunisté, konzervativci i anarchisté. Etické zásady dané společenským vývojem, civilizačními zkušenostmi a národnostním specifikem nejsou formulovány jinde než v zákonech. A zákony zaujímají příliš úzký prostor pro kategorie, do které spadají křivdy, lítost, zloba, závist, žárlivost, chamtivost, hloupost, chytráctví a poníženost. A o to ale teď právě jde!

Myslím, že rozhodně nejsem odborník (ani na etiku, ani na média, ani na reklamu, umění a obchod), ale vím, že jsem na obou nepřátelských březích.

Vím, jak je příšerné číst o sobě kruté věty schválně zformulované tak, aby mi co nejvíc ublížily.

Vím, jak je ubíjející dostat se do polohy člověka, který se náhle musí bránit proti vysloveným nesmyslům, lžím a obviněním a už jen tím, že říká, že to není pravda, dává protivníkovi body k vítězství, protože svou reakcí vlastně přistoupí na jeho hru.

Tak! Vždycky mě bolí, když někdo napíše, že jsem ošklivá, to nejlepší mám za sebou, měla by se mi zmenšit ňadra, odněkud mě vyhodili a někdo mě nenávidí. Vždycky se mi chce vzlykat, jak je to nespravedlivé, protože jsem se nikdy proti nikomu a s nikým nespřáhla, nikdo mi zadarmo nic nedal, odnikud mne nevyhodili, na prsteníčku mám mozol, jak pořád něco píšu, plotýnku mám vychýlenou v bederní páteři, jak pořád při tom psaní sedím.

No jo! Ale je to pro čtenáře dost poutavé?! Čím to, že se vždycky víc prodá časopis, když je na titulní straně hezká blondýnka s výkřikem: *„Tajně fetuje?!“* než stránka s vědcem, u kterého je skromná věta: *„Získal Nobelovou cenu.“*

Je absurdní chtít po novinářích, aby psali jen pozitivní pravdy. Stejně absurdní jsou výkřiky umělců, kteří **nesouhlasí**, aby byla jejich fotografie v časopise, a chtěli by sami určit, kdo a jak má o nich psát!

Po smrti princezny Diany všichni křičeli, že za neštěstí mohou nelidsky drzá média, ale nebýt drzých médií, o Dianě by nikdo ani nevěděl!

Když někdo jede do Chorvatska, kde tráví dovolenou nejvíc Čechů, je logické, že by se tam neměl ukazovat tak, jak nechce, aby ho někdo viděl. Když je někdo herec, co hraje v seriálu a pětkrát denně je vidět v televizní reklamě, tak je paradoxní domnívat se, že bude médii opatrně prezentován jako hloubavý, oduševnělý introvert s jedinou touhou nenápadně žít v kruhu své bezproblémové rodiny. (I když, samozřejmě, to může být i pravda!)

Takže co chci říct?

Že umělci by měli život bez bulváru těžký! Že politika a šoubyznys by bez bulváru asi neexistovaly, že odborníkem na etiku nemůže být nikdo z masa a kostí a že vymezit zločin a trest může na zemi jenom zákon! A náš zákon (zatím) chápe újmu jen hmotnou, ale duši obsáhnout nedokáže.

Takže jak se bránit?!

Určitě **anonymitou „obyčejného“ člověka!** A když ne, tak **soudy,** které život mediálním drsanům alespoň trochu znepříjemní, a lze se bránit (a to považuji za naprosto nejdůležitější) výchovou svých vlastních dětí! Protože když ony nebudou plné sebelítosti, nedůvěry, závisti, když budou mít milující rodiče a dobré pedagogy, tak si u svých bližních všimnou kvalit a bude v nich soucítění a milost. Teprve pak budou umět psát články atraktivní, s myšlenkami novými a smělými a bude jim vadit hlásat lži, které by mohly někoho zničit.

A co dělat konkrétně teď?

Přežít!

Protože – a tím jsou pověstné právě české pohádky – dobro nakonec vždycky zvítězí nad zlem!

Jak přežít cestování

Letuška cestujícím na palubě sovětského velkoletadla oznamuje: *„Vážení cestující, posádka kapitána Sokolova vás vítá jako první zájemce o let na palubě našeho stroje. Je to poslední výkřik sovětského leteckého průmyslu. Na palubě letadla jsou dva kinosály, knihovna, bar, diskotéka, tenisové kurty a k vašim službám je tu i bazén. Teď si, prosím, připněte bezpečnostní pásy a kapitán Sokolov se pokusí s tou krávou aspoň cuknout!“*

V Chorvatsku na pláži sex na tě doráží!

I KDYŽ JE VÁM HODNĚ LET, NENÍ POZDĚ NA ÚLET!

Chodila jsem na jazykovou školu. S jazykovkou jsme byli v NDR. Tam jsem strávila dva měsíce v rodině, kde mne fascinovalo, jak bohatě snídají. Na velkém podnosu měli vajíčka natvrdo, sýr, vánočku, závin, salám, šunku, jogurt. Druhý den pobytu jsem ráno zjistila, že na tácu chybí jogurt a salám a kus vánočky. Třetí den chyběl sýr, co jsem snědla den předtím, a až za týden mi došlo, že jídlo na tácu bylo spočtené přesně na sedm dní. Takže mi nezbylo než nakonec z hladu sníst okoralý štrúdl, který jsem rozmařile zavrhla hned první den.

V NDR se taky zrodil můj odpor ke králíkům. Němci měli velkou zahradu, měli tam na kuličky spočítaný angrešt i rybíz, nesměla jsem trhat vůbec nic! Měli tam taky velkou králíkárnu a právě králíčci byli v tom strašném hladovém Německu mí jediní přátelé. Mluvila jsem s nimi ve svém rodném jazyce, vzpomínala jsem na domov, hladila je... a pak jsem (dva měsíce jsem v tom NDR byla)... měla králíčka k nedělnímu obědu! Dívka Karin, s kterou jsem si v rámci výuky německého jazyka na škole rok dopisovala, mu předtím absolutně odborně, bez hnutí brvou stáhla kůži.

Se školou jsme také jeli do Ruska. Hezký zájezd! Byli jsme v Moskvě a tam jsme měli družbu s komsomolci. Byli uvědomělí. Měli šátky. Bylo jim dvacet. Při rozlučce přinesli několik bas šampaňského a pak nás naučili, že se musíme zhluboka napít a na to sníst velký čokoládový bonbon. Pak se zase napít, pak plátek pomeranče, pak napít, pak bonbon, napít se, pomeranč. Jirka Horal, Vlasta Ždirková a Petr Král tehdy ve svých patnácti v Rusku téměř zemřeli na regulérní otravu alkoholem!

Pak jsme byli v Bulharsku. To už s manželem a dcerou. Do Prahy jsme se vraceli letadlem. Bylo to bulharské letadlo. A byl to můj první let. Nejdřív letadlu upadlo opěradlo křesla. Velice mne to zneklidnilo. Měla jsem pocit, že může stejně upadnout letadlu křídlo. Pak jsme vzlétli a pak jsme přistáli. V Berlíně. Tam jsme se za dvě hodiny nalodili a přistáli jsme v Budapešti. Za tři hodiny jsme odstartovali a přistáli... v Berlíně. Pak jsme letěli do Bratislavy. Pak jsme přistáli... v Berlíně! A pak jsme se dostali na vojenské letiště do Brna. Nikdo nechtěl letět. Všichni jsme chtěli do Prahy jet autem nebo vlakem nebo autobusem. Já byla ochotná jít i pěšky. Ale nešlo to. Nebyli jsme proclení. Nepomohlo ani to, když jedna paní předstírala, že má žlučníkový záchvat. Sanita ji s houkáním odvezla do nemocnice a zas ji nafetovanou prášky proti bolestem přivezla sanitka s houkáním zpátky. Pak jsme tedy šli zase do letadla a připadali jsme si jako za války ti, co šli z transportu rovnou do sprch.

A najednou – a to mi nikdo nevěří, ale já bych na to dala krk – jsem zahlédla, jak se ten bulharský pilot – byl tam jen jeden a pomáhaly mu dvě bulharské letušky, které vypadaly jako uklízečky a uměly jen bulharsky – tak jak se ten unavený bulharský pilot, který už ve vzduchu strávil dvacet čtyři hodin, vyklání z okénka a má v ruce nějaký špinavý hadr. A na ten hadr pilot plivl a otřel si u kabiny letadla okénko!

„*No jo,*" vzdychla jsem tehdy. „*Vždyť on tu Prahu neviděl.*"

No... a pak měl sklo pěkně čisté a na pražské letiště se s dvoudenním zpožděním konečně trefil. První slova českého celníka tehdy zněla:

„*Za tu dobu vám určitě stačila narůst křídla, ne?!*"

Můj tatínek mluví francouzsky a já vždycky strašně toužila jet do Paříže. Chtěly jsme tam jet s kamarádkou a vím, že za uherák, který dostala jen proto, že její sestra byla prodavačka v řeznictví, maminka vyvekslovala (vybártrovala) devizový příslib. Pak mi ovšem policajti sebrali pas, že mi v něm prý něco špatně napsali, a když jsem si pro pas do Bartolomějské šla, tak tam seděl policista v civilu a ptal se s podezřením:

„*A proč chcete jet do té Paříže?!*"

A já na to:

„*Protože Paříž je kolébka kultury a... protože jsem tam nikdy nebyla!*"

A policajt řekl:

„*Pch! Já tam taky nikdy nebyl!*"

I KDYŽ KRÁSNÉ MĚSTO LÁKÁ, RADŠI SKOČ SI NA PANÁKA!

Boom cestovních kanceláří u nás začal po revoluci. Hned jsme jeli s mužem do Benátek. Tehdy museli být průvodci Benátkami placení ve valutách. Cestovka – tradičně česky chudičká – na to neměla, a tak náš český průvodce šel nenápadně před námi a nenápadně šeptal, co který objekt znamená. Taky nás předtím upozornil, že ho nesmíme ztratit, ale že se na něj nesmíme moc dívat, abychom u italských hlídek nevzbudili podezření. Z celých Benátek si proto pamatuji jen svůj hysterický strach, že vzbuzuji podezření, že se ztratím a že náš průvodce měl oranžovou čepici s kšiltem!

NEŽ OBNAŽÍŠ DUŠI, UJISTI SE, ZDA TI SLUŠÍ!

Při cestování je pro mne asi nejdůležitější, **s kým** jedu. Absolutně děsivým mi připadal zážitek mého kamaráda, který chtěl jet s cestovkou na okruh Egyptem, šetřil na to, jeho žena se kvůli tomu na něj naštvala, připravoval se pečlivě, pak šel na letiště a tam zjistil, že mu organizátoři z cestovky zapomněli na egyptské ambasádě vyzvednout vízum. Se slzami v očích a s kufry šel zpátky domů a tam jeho žena měla podezřelou návštěvu a ještě mu řekla:

„Vidíš! Ani normálně odjet neumíš!"

Mimochodem, ten kamarád má mimořádnou smůlu, protože když si šel pro vízum na americké velvyslanectví, tak vzbudil poprask, protože měl s sebou nítěnky pro akvarijní rybičky, a stráže mu je zabavily, aby vyslanectví neohrozil strašlivou biologickou zbraní.

Nejhorší pro mne byl jednou zájezd do Španělska. Turisté – to už jsem vystupovala v televizi – si mne pořád prohlíželi: je to ona, není to ona. Jukali na mě... znervózňující to bylo... a ještě víc mne znervózňovala představa, že se před všemi těmi turisty budu koupat svlečená do plavek na hotelové pláži. Donutila jsem proto svou rodinu, aby se mnou v největším vedru šla po rozžhaveném písku asi tři kilometry. Až tam jsem se v klidu svlékla, tam jsem se vrhla do vln. Plavala jsem v průzračné vodě a pak jsem s hrůzou zjistila, že na břehu stojí muž a točí si mne videokamerou. Když uviděl můj zděšený obličej, tak mi takovou jadrnou moravštinou řekl:

*„Nevšímejte si mě! Jako bych tu nebyl. Já chci jen u nás doma všem ukázat, jak **vypadáte doopravdy!**“*

DÁMY! NA VÝLET S EXOTICKÝM MUŽEM?! NO... JEDNOU ZA ŽIVOT SNAD MŮŽEM!

Myslím si, že strašné je cestovat s dětmi. Když byly Petrovi tři roky, tak jsem byla v Řecku a Petr se ode mne nehnul ani na deset vteřin. Stál před záchodem a řval, když měl pocit, že jsem tam dlouho (asi tak patnáct vteřin). Pak jednou plaval s kruhem v moři, zaujalo ho to a má drsná přítelkyně tehdy s nadějí řekla:

„Tak takovejhle klid bychom měly pořád, kdyby se utopil...“

Vždycky jsem chtěla cestovat s mužem, který všechno ví, je největší ze všech, má největší sílu, umí všechny řeči, má tolik peněz, že není nutné je počítat, rád kupuje dárky, jí, pije a miluje mě, i když mám pupínky, mastné vlasy a šaty se na mne lepí prachem.

Kromě zamilování a peněz skoro všechny ostatní podmínky splňoval Zdeněk Vágner. Syn Josefa Vágnera, který ve Dvoře založil Safari. Žil přes dvacet let v Africe a my tam jeli za ním natáčet. On byl silný, opálený, vyšisovaný, suverénní. Mí společníci byli menší, měli brýle, a protože se na Afriku připravovali podle filmů a seriálů z televize, tak vypadali v buši jako z dob cestovatelských výprav Emila Holuba. Byli v safari. A jestli si někdo myslí, že na safari se chodí v safari, tak se krutě mýlí. Místní bílí lovci totiž zásadně oslňují ve vyšisovaných tričkách, vyšisovaných ustřižených džínách, a když jdou do buše, tak si vezmou tepláky.

Mí muži, v safari, měli dokonce pokrývky hlavy v safari stylu. Jeden měl takový ten klasický klobouk, druhý takovou tu klasickou safari čepici. Jednomu jsem říkala Njoka-Had, to pro tu čepici. Druhý muž – v kloboučku – byl... Myšáček! Když jsem je poprvé uviděla v Africe vedle sebe, tak jsem rázně řekla:

„Tak to ne! Oba nesnesu! To nedokážu. Musíte se rozhodnout, buď jeden v čepici, nebo druhý s kloboukem!“

A pak Njoka s Myšáčkem vždycky ráno losovali, kdo bude mít večer úžeh.

ZVLÁŠŤ KDYŽ SE TI ZJEŽÍ SRST, NA SPOUŠTI MĚJ VŽDYCKY PRST!

V Africe jsme jednou Njoka, Myšáček, Vágner, jeho bratr a já jeli džípem divokým bušem. Auto najelo na skrytý pařez a rozbilo se. Zůstali jsme stát. Bylo poledne. Nejprudší slunce, horší než národní park – divočina! Levhartům byli vidět ocasy, lvi se **zatím** líně povalovali. K nejbližší civilizaci to bylo šedesát kilometrů. Všichni muži auto horlivě opravovali, zvedali ho na větvích, strkali kmeny pod kola. Já stála opodál a mým úkolem bylo – hlídat zbraně!

Byla jsem ve střehu, v ruce pušku – brokovnici. Najednou vedle mne – to je taková jejich rasová specialita – jako by vyrostl ze země – stál Masaj, válečník s obličejem pomalovaným zlověstně bílou barvou. Masajové jsou nepochopitelní. Vedle sebe měl bicykl! Oni většinou kola vodí, protože kola nejsou natolik v pořádku, aby jezdila, a pak taky, když náhodou Masajové na těch kolech jezdili, tak vždycky z buše jeli rychle a kolem beder jim rouška vlála tak, že... prostě vlálo všechno, a tak uzákonili, že Masajové na kole musí mít spodní prádlo. No a od té doby oni radši ta kola vodí.

No a tenhle Masaj tam stál a mlčel a já se Vágnera zeptala:

„Co mám dělat?!"

A Vágner, aniž zvedl hlavu od vozu, řekl:

„Až bude nejhůř, tak ho zastřel!"

A já se pak ukrutně trápila, protože jsem měla strach, aby pro mě to „až bude nejhůř" nebylo moc brzy!

TADY SE VAŘILO, TADY SE JEDLO. TÁMHLE SE VRAŽDILO, TAM TO I SEDLO...

Když jsem přijela na „otcovu rodnou Ukrajinu", měla jsem kulturní šok. Zaprvé tam měli mí příbuzní krásný dům. Potěmkinův. Byl velký, s leštěným nábytkem, s nádhernými různými prázdnými lahvemi od nejrůznějších vodek, byly tam dečky, vázy, obrazy, ikony, nebyl tam záchod, kuchyně, koupelna, voda. To všechno bylo v dřevěném baráčku na dvoře. Tam byla naopak jen kuchyně a místnost s otvorem v zemi a hadicí. A tady se žilo.

Mí příbuzní byli nesmírně pohostinní. Tak, že mi nabízeli všechno a pořád, a dokonce i tehdy, když jsem byla v komůrce a prováděla věci nejintimnější, tak teta otevřela dveře – mé dveře! – dokořán a zvolala:

„Chceš rybu?!“

Na Ukrajině mne fascinovalo, kolik je tam bezzubých lidí, a taky jsem byla lehce rozčarovaná, když mi – turistce – ukazovali místní zajímavosti a říkali:

„Tak tady vlci napadli starého Štěpána! A tady medvěd rozsápal Michala a tady Vasilina sekerou usekla svému muži hlavu.“

ZEMĚ JE VELICE VELKÁ KOULE, A NEŽ JI POZNÁTE, ČASTO JSTE SAMÁ BOULE!

V Americe mě zas nejvíc šokovalo, že jsem tolik bezzubých lidí jako tam, kromě Ukrajiny, ještě nikdy neviděla. Šokovalo mne, že mne mí hostitelé ubytovali v kůlně a jako pokrývka mi mělo sloužit něco, co nejvíc ze všeho připomínalo použitý piják, a pak mne taky překvapila jedna paní, u které jsme taky bydleli, která nám nedovolila, abychom použili na chleba její sůl, a která nechala dveře otevřené, když si domů pozvala svého přítele a masírovala mu celé tělo kafrem. Jiná dáma se mne zase zeptala, jestli jsou u nás dráhy, jestli jíme příborem, a pak přišel průvodce, ukázal mi nejdřív nástěnku na střední škole a potom mne zavedl do muzea a tam mne vyfotografoval, jak držím v ruce zaručeně pravého plyšového medvídka prezidenta Roosevelta!

NEMUČ SVOU HLAVU DĚJINAMI, RADŠI SE VYPRAV NA BAHAMY!

Kdysi k nám jezdili Ukrajinci a vozili šílené věci. Dřevěné orly, vycpané vlčí hlavy, polystyrenové maliny. Polštáře s výšivkami a malované hliněné lžičky. Ukrajinci měli na sobě většinou dlouhé kožené kabáty a za své orly, vlky a lžíce chtěli skoupit úplně všechno. Trochu jsem se za ně styděla.

Nedávno přijely známé z Ameriky. Měly vyšívané džíny, sto kilo a růžová trička. Koupily si tu hliněné lžíce, vlčí hlavy a dva orly. A pak jsem s nimi šla do chrámu svatého Víta a jedna dáma se mne tam zeptala:

„A ten kostel je pravej?“

Druhá reagovala:

„Ten nemůže bejt pravej.“

První dloubla do zdi.

„Ale vypadá jako pravej,“ řekla.

„Je pravej,“ řekla jsem a druhá žena sáhla na stěnu.

„No jo,“ prohlásila důstojně. *„Je to pravej kámen! Tak to asi celý bude z doby kamenný.“*

Dopis z prázdnin (Bohužel jen v lehké nadsázce!)

Milá mami,

mám se moc krásně. Poznávám spoustu zajímavých míst. Jsem právě v městečku, kde žil nějaký malíř, který maloval ženy z ostrovů. Mám prý podobně exotické rysy. To mi řekl doktor, co mi ošetřil tu rozříznutou ruku. Ty ostrovanky si ale nepotrpěly na čistotu a ten malíř pak z toho byl hodně nemocný. To já jsem si to říznutí hned vydezinfikovala. I když jsem měla jen zbytek jódu, málem všechen vypila Anča.

Anča je náš pes. Vypadá skoro čistokrevně, ale její otec byl vlčák a rodiče její maminky byli kolie a bernardýn. Pan doktor se divil, proč jsem ten plech u auta řezala já, proč ne můj přítel, ale pak pochopil, že Jaroušek to dělat nemohl, když ho právě Anča kousla. Anča je náš hlídač. Ale když k nám do chatičky nečekaně vstoupil Matýsek a ještě víc nečekaně jí řekl *„BAF"*, tak se Anča psychicky zhroutila. Prchla do polí. Aspoň my jsme si nejdřív mysleli, že do polí, ale Anča je chytrá! Ona by ani Jarouška nikdy nekousla, kdyby neměl tu zavázanou hlavu. To je taky legrační. Vedle v městečku žil totiž malíř, co si jednou uřízl ucho. Jaroušek ale potřeboval sehnat očaře. Měl do zorničky ošklivě zapíchnutou štěpinu. Sekal prkno pro Johanku, aby jí z toho měkkého gauče nebrala záda. Johanka není rozmazlená, ale když někdo nastydne ze studené podlahy a má pak zánět ledvin, tak mu prohnutá postel nedělá dobře.

No, tak tedy Anča vůbec neběžela do polí, ona běžela do městečka. Je moc hezké. No a představ si, jak je Anča inteligentní, ona se schovala v jednom skladišti na sýry. A našli jsme ji jen proto, že Johanka shodila v obchodě sedm sklenic džemů, jak se nešikovně belhala s berlí. Johanka si, to je tedy taky náhoda, totiž ošklivě vymkla kotník, zrovna když byla na výletě v trochu větším městě, které má jméno jako ten slavný malíř, který taky nosil berle, protože měl moc nemocné, krátké nožičky.

Nechtěli jsme o Anču přijít. Dali nám ji kočovníci, kteří mají s poznáváním cizích zemí zkušenosti, a tak jim bylo jasné, že pořádného psa potřebujeme, i když nás stál úplně všechny peníze. Nemohly jsme proto s Johankou zaplatit ty džemy, a tak jsme se chtěly schovat. Naštěstí právě v tom skladišti, kde už byla schovaná Anča.

Víš, že je Francie sýrařská velmoc? Já to nevěděla. Ani jsem nevěděla, že se tu jedí šneci. To mi řekl až ten trestanec. Když nás zatkli, tak seděl vedle v cele a poučil nás, že když si chytneme slimáka a pak ho podusíme se solí, že pustí písek a s česnekem chutná moc dobře. Nám ale přinesli hamburger a ten nám nechutnal. Zaprvé nejíme maso, zadruhé jsme zásadně proti nadnárodním korporacím a zatřetí byl pro nás dvě opravdu malý.

V té věznici byli čtyři policisti a během těch tří dnů, co jsme tam byly zavřené, tak se ta kamenná podlaha, na které jsme bez dek spaly, skoro prohýbala, jak jsme se smály, protože, tomu bys nevěřila, my jsme vlastně byly přesně tam, kam jsme se chtěly dostat! Totiž u četníků v Saint Tropez!

Ten pán, do kterého jsme vrazili, když jsme s Ančou, když vypila ten jód, jeli k veterináři, byl typický francouzský gentleman. Nezdržoval nás s pojištěním, vzal si jen naše bágly a nezajímalo ho ani, jestli má Jaroušek řidičák. A to bylo moc dobře, protože on ho neměl. Utopil ho omylem v jezírku, kam skočil Matýsek a Jaroušek ho zachraňoval, protože Matýsek se zamotal do rákosí a moc dlouho se nevynořoval.

No... z našeho auta jsem Jarouška zas zachránila já, ale, a to už jsi jistě pochopila, právě při tom jsem si poranila tu ruku. Mami, všichni tu říkají, jak je báječné, že jsme zrovna v kraji, kde si umělci „sytí všechny své smysly".

Já mám sice zavázanou pravačku, Jaroušek zas nevidí, protože má zavázanou hlavu, Johanka nemůže pít víno, protože by čurala krev, ale Matýsek si docela užívá. Když totiž (po tom jezírku) ležel v bezvědomí v levanduli, tak mu do ucha vlétla cikáda a ještě nenašla cestu ven.

Tak, a to je všechno.

Milá maminko, jsme moc rádi, že už nemáme žádný vůz, protože teď konečně bez hmotných závazků můžeme svobodně poznávat skutečné krásy Francie. Už zítra vyrážíme na nový výlet. To místo je prý ohromně poutavé. Jmenuje se Waterloo.

P. S.: A teď si to VSECHNO PREDSTAVTE V ESEMESKACH!!!

Co prozradil záchod

Do Paříže jsem přijela o dva dny dřív než Lucie Bílá na líbánky a byla jsem tam zase kvůli překladu mé knihy. Bydlela jsem (s vydavatelkou) ve čtvrti mezi St. Germain a Seinou, v ulici La Buci, která patří mezi nejhezčí ve městě. Paříž je tu totiž taková, jak ji znáte ze všech francouzských (pozor! ne amerických!!!) filmů. Tady jsou každodenní trhy s květinami, tady jsou trhovci se svými saláty a sýry a taky tu jsou zhýralci, co čekají na čerstvé ústřice.

Tady chodí typické vysoké Francouzky, váží kolem čtyřiceti kilo, mají lesklé vlasy, volné svetry, volné sukně, placaté botičky s lakem jak pro panenky a ležérně koketní výraz žen, které tuší, že velká ňadra i výrazné boky jdou snadno nahradit třpytem v oku a šarmem. Francouzky milují velké košíky, z kterých jim kouká zelená bazalka (na rajčata a mozzarelu), a pruhovaná trika, co asociují moře.

Tady jsme potkali Rosálii. Holku s vysokou školou, která za hodinu dokázala vykouřit dvacet cigaret a která večer seděla v baru na rohu (všude jsou stoly i židle na chodnících pod markýzami, na kterých jsou upevněné inteligentní ohřívače) a občas si odskočila s bohatým klientem. (Na ulici na ni ale všichni kamarádsky pokřikovali, protože věděli, že je sirotek, že píše knihu a že k tichu své práce potřebuje peníze **navíc!)**

Tady jsme se také seznámili s kadeřníkem ze salonu „Coiffirst“. Stříhal mi vlasy, abych vypadala „pařížsky“, měl při tom na sobě dokonalý oblek i kravatu, takže jsem měla pocit, že jsem v rukou nositele Nobelovy ceny za účesy. Odsud nás taky zavedli do restaurace „Petite Chausse“, kde Toulouse-Lautrec maloval své kurtizány a kde se slečnami bohatí úředníci trávili své odpolední siesty. My jsme tu jedli spořádaně chřest (protože je jeho sezona) a taky dorádu, rybičku, která prý (!) nemá vůbec žádné kalorie!

No. Naše literární jednání v nakladatelství (skoro všechna taková vydavatelství jsou kolem náměstí Odeon) probíhala ve velkorysém duchu: „Čas nás netlačí!“ A „náš“ vydavatel dospěl k názoru, že musíme vidět jeho oblíbenou hospodu, kterou ostatně navštívili už všichni velcí tvůrci. Ocitli jsme se tak na Montparnassu v „Closserie La Lille“ a seděli jsme tak, že jsme měli přehled skoro o všech příchozích intelektuálech, pseudointelektuálech i pseudoumělcích a snad i umělcích. A pak jsem šla do suterénu na záchod a uviděla jsem se tam v zrcadle ze tří stran.

A bylo mi náhle vše jasné. Ve stejném zrcadle se totiž viděly také všechny ty velevýznačné osobnosti, které kultuře často udaly hlavní směr. A já už vím proč! Protože zrcadlo každého (ze tří stran!) zachycuje v nahé pravdě tíživého bytí. Odhaluje jeho vrásky, obliny, špeky, polštáře, podbradky, kruhy, vady, deformace, pihy, zlomeniny, vychýleniny, kila navíc, centimetry, co chybí, plešky, ježky, hrany, otekliny, otlačeniny i jizvy.

A když se takhle uviděl Lenin, tak hned šel a zahájil v Rusku revoluci, spisovatel Fitzgerald začal psát a pít, až se upil k smrti, Hemingway tvořil jako blázen a pak se stejně zastřelil, Gertruda Steinová se stala lesbičkou, Picasso se vrhl na obrovská plátna, Gogh si uřízl ucho a spisovatelka Françoise Saganová začala fetovat. Ano. Zrcadlo (vůbec ne čarovné, ale kousavě realistické!) na Montparnassu zkrátka dokázalo, že buď všichni umělci začali vytvářet nesmrtelná díla, anebo rovnou skočili do náruče smrti.

Pro mne to bylo jasné poselství. Právě tady jsme se zabývaly překladem mé knížky „Proč jsem se neoběsila". A zde – na tomto posvátném místě, bylo každé mé „protože" úplně pochybné. No... Lucie Bílá tady ale nebyla, takže české hudební scéně nic nehrozí.

A tohle je drobný průvodce, abyste si Paříž opravdu užili:

1. Zapomeňte na všechna „turistická" místa. (Vypadají hůř než na fotkách a Francouze tam nepotkáte.)

2. V žádném případě se neubytovávejte na „levém" břehu Seiny.

3. Když půjdete do nejstarší restaurace v Paříži („Prokops"), tak neseďte v centrální místnosti, kde je průvan, a nedávejte si tam svatojakubské mušle. Stojí 3x víc než v hospodě o 3 minuty dál („Petite") a jsou mnohem, mnohem horší. (Tady Lucka byla a jedla ústřice.)

4. Neběhejte v Bouloňském lesíku. (Francouzi sportují elegantněji.)

5. Nejezděte metrem! (Krade se tam, režisérka Kopáčová, která tam byla s Lucií Bílou, přišla o peníze i doklady. Kradou hlavně děti. Říká se jim „Mušky". To znamená malé, dotěrné, nebezpečné mouchy!

6. Nechoďte tam, kde mají hudební program přeložený do angličtiny. (Nestojí za nic. Ani angličtina, ani program.)

7. Taky zapomeňte na české normy a snažte se bavit po francouzsku. Jak? S očima vzbuzujícíma flirty, s nákupními papírovými taškami plnými nepraktických botiček, blůziček s volány a sukněmi, které mají kapsy větší než obvod pasu. Taky uždibujte holoubata, chleba s kachní paštikou a pijte vína z co nejmenších vinic z jihu země. A... líbejte se! Tak jako ohniví francouzští muži, zrádné krasavice, frajeři, opilci, studenti i Lucie Bílá!

8. A rozhodně nechoďte čurat do hospody „La Lille"!

P. S.: Ale stejně je pro Paříž nejdůležitější text Guillauma Apollinaira:

Nechci vůbec nic dělat,
snad ani jíst nemám zapotřebí,
chci jen přemítat,
a když ne zde,
tak lásku najít v snění.

Jak přežít vzpomínky

Steiger se vrací z pohřbu své ženy. Jeden smuteční host srovná kroky s jeho a pietně a soustrastně se k němu obrátí.

„Tak jak se cítíte, pane Steiger?“

„A víte, že mi ta malá procházka udělala docela dobře?“

Když podlehneš svojí touze, o zážitky není nouze!

VÝCHOVA SE NEDĚLÁ BEZ DĚDY VŠEVĚDA!

Vzpomínky se, pochopitelně, dají přežít, vzpomínkami se často neustále **žije** a vzpomínkami se dost lidí živí. Třeba historici. Ti vědí, že dějiny = vzpomínky lidstva se mohou stále měnit, a lze tedy nad nimi stále bádat, protože existují od nepaměti, a tak si je nikdo nikdy nepamatuje.

Často se lidé živí psaním memoárů. Taky píší proto, aby se podělili o své vzpomínky s těmi, kteří v dobách jejich působení nedokázali správně rozpoznat jejich genialitu.

Vzpomínkami většina z nás žije tak, že si pořizuje památníčky, fotky, diapozitivy a často, bohužel, o sobě točí i celé filmy.

Tenhle zážitek mne potkal, když jsem byla poprvé v USA. Na samotě u lesa jsme bydleli u Sama (asi 70 mu bylo) a jeho ženy Mary. Sam se nám hned první večer po čtrnáctihodinovém letu rozhodl ukázat fotky ze své dovolené. Chtěl se s námi podělit o své vzpomínky na Afriku. Paradoxní bylo, že jsme zrovna předtím v Africe byli a viděli jsme toho tam víc než Sam. Sam roztáhl plátno a vyndal promítací přístroj. Mary – jeho žena řekla:

„Užijte si to, já se omlouvám..."

A když odcházela, zdálo se mi, že má v očích nějaký zvláštní svit. Ten jsem pochopila asi po třech hodinách, kdy jsem viděla asi dvoustý devadesátý diák. Na předcházejících 289 byl vždy Sam s palmou, Sam bez palmy, Sam s domorodci, Sam bez... Pak si Sam všiml, že se nám klíží oči, a zeptal se, jestli chceme pokračovat, anebo zbytek fotek vidět až zítra.

„Až zítra...," vydechli jsme úlevou. A zítra bylo ale hned asi za šest hodin a já šla za Mary, opatrně jí vysvětlovala, že raději, než se dojímat nad Samovými fotografickými zážitky, bychom šli do města, že bychom si potřebovali něco koupit, a že te-

dy samozřejmě jistě rádi Samovy diáky uvidíme, ale že třeba až později. Mary přerušila tok mé řeči a pravila:

„Hm. Už jsem taky uvažovala o tom, že mu tu jeho promítačku rozmlátím kladivem."

Když se řekne vzpomínka, tak se mi skoro vždy vybaví, jak jsem chtěla rozšiřovat kulturní obzor své dcery na základě své **vzpomínky,** že můj otec se mnou chodil často do opery. Bydleli jsme blízko Národního divadla a otec mi vždycky před představením vyprávěl obsah operních děl, abych jim potom rozuměla, a já jim potom (jako jedna z mála) rozuměla a ohromně se mi to líbilo.

Tak tedy jsem koupila lístky na „Prodanou nevěstu" a požádala otce, jestli by Natalce taky nevyložil, o co v díle půjde. Asi za pět minut jsem šla do kuchyně kolem dědova pokoje a zaslechla jsem tato slova:

„No tak to byl jeden český nýmand Jeník a ten se domluvil s vyhlášenou českou flundrou Mařenou, že okradou takového typického českého hochštaplera Kecala!"

Když jsem byla malá, tak můj táta byl jednu dobu v úplném invalidním důchodu. Byl doma. Pracovala máma. Učila. Často měla odpolední vyučování, to jsem byla vždycky s tatínkem doma a on měl za úkol jít se mnou na procházku. Otec to řešil tak, že pokaždé přivázal na můj kočárek pro panenky svou oranžovou splétanou šňůru od froté županu, já si do kočárku sedla, že mi nohy visely ven, otec si před sebe rozestavil šachy, hrál je sám proti sobě a vozil mě po garsonce. Tou šňůrou si mě přitahoval a pak zase ze svého křesla odkopával zpátky. No a pak, když přišla máma a zeptala se: *„Tak copak jste dneska dělali?"*, tak táta vždycky řekl:

„Ále, jezdili jsme s kočárkem."

A maminka vyzvídala:

„A kde jste byli?"

A otec suverénně tvrdil:

„No přece tady – v centru!"

OD VĚKŮ SE ZEMĚ TOČÍ, HOSPODYŇKA PRO KORUNU I DO PEKLA SKOČÍ!

Z generace na generaci se u nás traduje vzpomínka, jak moje maminka, když jí bylo šest, dala korunu své pětileté sestře Věře, aby šla (maminka bydlela v Kunraticích) do cukrárny k Vaňousovům a koupila jí tam marcipánový hříbeček. A teta Věra šla, a pak přišla, dala mamince dost pošramocenou mandlovou hmotu a řekla:

„Pan Vaňous s paní Vaňousovou se nechají poroučet a že si každej z jedný strany ukous."

ZBYSTŘI SVÉ SMYSLY, KDYŽ JDE O NESMYSLY!

Pochopitelně že mám i něco milostného za sebou. Nikdy třeba nemohu zapomenout, jak jsme si s manželem koupili velkou montovanou skříň přes celou zeď a nainstalovali ji do ložnice. Po několika dnech, právě ve chvíli, kdy dole pod okny projížděla tramvaj, se uvolnila přední část skříně se zrcadly, spadla a bylo po zrcadlech. Manžel všechno znova přimontoval, koupil nová zrcadla, ale po několika dnech se situace přesně opakovala. Projela tramvaj a skříň se zřítila.

Tak jsem to vzala do rukou já. Navštívila jsem montážní firmu, všechno montérovi vysvětlila, ten si vzal nářadí a odjel se mnou k nám do bytu. V ložnici si vlezl do skříně a chtěl tam zjistit, kde se vibracemi začnou uvolňovat šrouby. V té chvíli ovšem domů přišel manžel. V chodbě uviděl cizí boty, na věšáku cizí kabát a ve skříni cizího chlapa. Manžel k němu bojovně nakročil:

„No to jsem teda zvědavej, co mi řekneš, že tady děláš!"

„Já vím, že to zní nesmyslně," řekl na to montér, *„ale já tady fakticky čekám na tramvaj!"*

Jedna má kamarádka svého přítele uháněla šest let, než ho urvala. Pak mě pozvala na svatbu, která se konala ve velkém kostele. Přestože má přítelkyně byla krátkozraká, rozhodla se, že si na obřad brýle nevezme. Šla kostelem, byla zavěšená do svého otce, náhle se k němu naklonila a v posvátném tichu se ho na celou chrámovou loď vyděšeně zeptala:

„Vidíš ***ho*** *někde?"*

Mám taky cestopisné vzpomínky. Při návštěvě Londýna jsem navštívila londýnské muzeum, kde jsou exponáty uspořádány chronologicky. Když jsem procházela výstavkou středověkého brnění, uslyšela jsem oznámení v rozhlase:

„Dámy a pánové, promiňte, ale v osm-

náctém století se našel šestiletý chlapeček.“

Existují i záměrně vytvářené vzpomínky. To když lidé nutí jiné lidi, aby jim něco napsali do památníčku. Většinou to končí tím, že se přetvařují všichni. Píšící proto, aby v budoucnu vyhlíželi vtipně, úctyhodně, vznešeně nebo moudře, a majitelé památníčků proto, aby se mohli holedbat, s jak vtipnými, úctyhodnými, vznešenými a moudrými lidmi se stýkali.

Básník De la Serna řekl: *„Památníky jsou jediné místo, kde myšlenky nejsou k ničemu.“* A sám do nich psal vždycky jen tyto texty: *„Vlaštovka je mystický šíp hledající srdce“* anebo *„Ryba, která se loví nejhůř, je mýdlo ve vaně“*.

NENECH SE KOLÉBAT SLAVIČÍM ZPĚVEM, S GRÁCIÍ MARYŠI ZBAV SE HO JEDEM!

Moje maminka, když má divnou náladu, tak vždycky vypráví, jak krátce po válce se na Zbraslavi slavilo jakési výročí Vladislava Vančury. Oficiální řečník, představitel strany, se v oslavném projevu obrátil na školáky a využil situace k náležitému poučení.

„Osud Vladislava Vančury, tohoto vzácného člověka,“ řekl, *„je výrazným příkladem toho, jak může člověk trpět pro pravdu. A vám, milé děti,“* zvolal pateticky, *„vám k tomu socialismus dává tu nejlepší příležitost!“*

Tohle je taky hodně dojemná vzpomínka. Dnes už zapomenutý básník Čeněk Ostravický, občanským jménem Antonín Hüttler, vydal roku 1901 sbírku lyrických, sociálně laděných veršů s podmanivým názvem „Šerem k ránu“. Rozeslal knihu (nevelkého nákladu) přátelům i institucím, aby se nenápadně připomněl, a obratem dostal několik dopisů, které ho méně či více nápadným způsobem vyzývaly, aby si pozorně prohlédl obálku svého díla.

Ke svému zděšení shledal, že sazeč v titulu knihy na obálce jakýmsi nedopatřením vynechal háček nad prvním písmenem. A tak vzniklo: „Serem k ránu.“

V praktickém životě zemře každý. A když je všechno v pořádku, tak se s ním na cestě poslední jeho nejbližší tklivě loučí. A někdy mohou jejich pietní slova znít takto:

„Dotlouklo jeho zlaté srdce i ruce.“

„Měla pěkný poměr s celým naším kolektivem."

„Svůj život, ano, přátelé, skoro celý život dokázal žít náš pozůstalý v Podkrušnohoří."

„Zlá nemoc v něm hlodala, hlodala – až dohlodala."

„Byl členem Svazu drobného ptactva, kde byl často vyhodnocen jeho exemplář."

A nevím proč, ale tohle všechno mě inspirovalo k tomu, že se mi vybavila tato vzpomínka. Seděli jsme s mužem na lavičce před chalupou a já zasněně pozorovala vlaštovčí hnízdo, jak tam sameček přilétá a odlétá a postupně krmí celou rodinu.

„Vidíš," řekla jsem muži, *„takhle by ses měl ty starat o nás. Počkej! Kam jdeš?!"*

A můj muž řekl:

„Chytat mouchy, miláčku!"

Totální bilance
aneb
Na co se nedá zapomenout...

Asi před čtyřmi lety jsme šly s kamarádkou do letního kina. Byly jsme na chalupě a maminka chtěla vědět, kam se chystáme.

„Na ‚Tanec v temnotách‘,“ řekla jsem a má maminka se zatvářila hrozně.

„No...!“ řekla ironicky, *„tak si to děvčata užijte!“*

Její ostrý tón jsem pochopila až v noci. Název filmu maminka slyšela špatně. Byla přesvědčená, že film se jmenuje „Kanec v kalhotách“!

Kdysi jsem se chystala do Afriky. Tehdy zas mému vzdálení bránil můj syn. Viděl v televizi dokumentární film o kontinentech a řekl:

„Tam nemůžeš jet! Tam by tě určitě kousla moucha WC!“

Měl pravdu. Pokousaly mě tam mouchy velké jako klozety.

Taky nemůžu zapomenout, že jsem byla s dětmi o prázdninách na Slovensku. V Tatrách. Chtěli jsme jim ukázat salaš. Našli jsme ji. I baču. Byl vstřícný. Měl ovčí sýr. Měl taky kuchyň vytapetovanou vystřiženými obrázky z pornočasopisů. Ušetřen nezůstal ani strop.

Nezapomenu taky na Itálii. V Sieně mi ukradli mobil. Šla jsem si hystericky koupit nový. Když se slečna zeptala, na koho má napsat záruční list, obrátila jsem se na svého kamaráda, který mluvil plynně italsky, a řekla jsem:

„Tak asi na tebe, ne Milane?!“

Slečna nečekaně odešla dozadu a za chvilku se vrátila se záručákem a tam v kolonce „zákazník“ stálo: *„Signore Asinatebe – Milano“!*

Nezapomenu ani na natáčení na Nově. Na „Díky za fíky aneb Zabité večery Haliny Pawlowské“. Na Bolka Polívku, soustředěného až dofialova s vyprahlými rty a s profesionální ctí, která mu velela vstát od stolu, aniž dostal jídlo, jen proto, že se za chvilku už zase musí točit.

Na Alenu Vránovou nezapomenu, jak v noci před natáčením pro všechny usmažila „štědrovečerní" mísu řízků, aby se nemusela konzumovat erární strava.

Na Báru Hrzánovou nelze zapomenout. Hrála v „Díky za fíky" mě samu a trnulo mi u srdce, když jsem si představila, že bych zase prožila s takovou intenzitou to, co předváděla ona.

Na nejmladšího Hrušínského Rudu nezapomenu, protože měl oči vstřícné a veselé jako chlapeček o Vánocích, a na Lucku Vondráčkovou taky nezapomenu, protože byla tak hodná, slušná a cílevědomá, že se nám to zdálo podezřelé.

A pamatovat si už navždy budu Michaela Čecha, syna Františka Ringo Čecha, který byl v klidu a věděl, o co jde, a točil ve stejném tónu, jak jsem to napsala. A měl skriptku, co měla oči všude, i když tvrdila, že její nejvěrnější přítel je lék na uklidnění lexaurin, a na Michalovu maminku nezapomenu, protože se pořád starala, aby to Míša udělal tak, aby to bylo dobrý.

A taky nezapomenu na svého otce, i když letos to bylo poprvé, kdy jsem vytvořila jeho postavu, co zemřel. Konečně, ale s konečným pochopením, že je mrtvý, ale v pořádku, někde v pohodě.

Nezapomenu na to, jak mi volal vydavatel z Francie a zeptal se mne, zda jsem dostala jeho fax, a když jsem řekla, že ne, tak se neovládl a rozdurděně dodal:

„A co s tím budete dělat?!“

Takže:

Hodně štěstí, zdraví, dlouhá léta
přeje vám banánová četa!

A taky si pamatujte, že vždycky platí (navzdory vzpomínkám i plánům), že:

Na ulici nebo v kině,
všude číhaj svině!

Být potěšením jen aneb Šílené televizní soutěže

Loni v únoru to před vyhlášením soutěže TýTý vypadalo takhle:

Sedmého února 2002 se dozvídám, že pořad „Banánové rybičky" je nominován mezi první tři. Jsem šťastná a telefonuji to své přítelkyni. Ta je nemocná a je jí tak špatně, že mi má radost z oblíbenosti zábavného programu připadá nicotná, a neřeknu jí nic. Večer zastihnu syna. Chlubím se:

„Jsem nominovaná s ‚Rybičkami' v TýTý."

„Co je TýTý?" zeptá se syn.

Další den: Dozvídám se, že jsem nominovaná taky mezi první tři moderátory zábavných pořadů. Mám radost. Svěřím se manželovi.

„A je to pravda?" zeptá se pochybovačně.

„Je! Ještě je nominován Rychlý a Novotný."

Vmísí se má matka. *„Samí muži!"* dodá nabádavě.

„A co jako?!“ (Feministický tón mi zaskřípe v hlase.)

„No... že humor...,“ maminka evidentně polkne slova **mají dělat**, *„dělají většinou muži...!“*

„Co budeš mít při vyhlašování na sobě?“ volá mi **ve čtvrtek** tchyně. Pak se ozve teta Karla. Rozhodně nesmím mít na sobě, tak jako vloni, kozačky. Teta Bára si myslí, že nemám mít rozhodně velký výstřih a strýc František je přesvědčen, že bych to měla všem natřít a konečně jednou si pořídit dlouhé, zlaté šaty. Taky mi zavolá kadeřník. Opatrně mi naznačí, že by s mým účesem raději nic neriskoval, a má sestřenice-lékařka projeví starost, zda s tou svou vychýlenou plotýnkou zvládnu schůdky na jeviště.

„Když nevyhraju, tak...,“ začnu rozhovor s mým producentem. Okamžitě mne přeruší:

„S tím počítej, že nevyhraješ!“

„Ale kdybych náhodou, tak...“

„Tak prosím tě hlavně neděkuj rodičům,“ řekne máma.

„...tak hlavně neříkej, že seš vdaná,“ řekne manžel.

„...tak hlavně neříkej, že existuju,“ řekne syn.

„...tak hlavně neříkej nic děsně vtipnýho!“ řekne dcera.

„...tak buď hlavně velmi inteligentní a vtipná!“ řekne mi producent.

A pak je ten **den D** a já vím, že všichni to se mnou mysleli dobře, když mi řekli:

„Netahej si pořád tu sukni!“

„Zkontroluj si šaty, jestli ti nevylezly!“

„Bacha, ať se neleskneš!“

„Neupadni!“

„Ať je vidět, že jsi dáma!“

„Nesměj se jak blázen!“

„Hlavně se tvař přirozeně!“

„Nekoukej jak chudinka!“

„Měj takový ten milý výraz!“

„Zastrč prsa a zatáhni břicho!“

Letos to v únoru před vyhlášením soutěže TýTý vypadalo takhle:

To, že je TýTý vyhlášené, jsem zjistila až v 11. kole od zahájení soutěže. Zjistila jsem to tak, že jsem při natáčení „Banánových rybiček“ nějaké dámě podepisovala knížku a ona mi nevinně řekla:

„Už jsem vám poslala svých dvaadvacet hlasů. V každé kategorii jeden.“ A dodala, že dcera, vnuk, i vnučka mi hlas poslali taky a že kapituloval nakonec i zeť a poslal SMS aspoň pro kategorii „Pořad roku“.

„Tak!“ řekla jsem si. *„Už jedenáctkrát jsem to prošvihla a neposlala si dokonce ani svůj vlastní hlásek.“* A napadlo mě: *„To bude maminku mrzet. Ta na to totiž určitě taky zapomněla.“*

Maminka na to taky zapomněla. Ale nemrzelo ji to. *„No jo, co se dá dělat...,“* řekla mi a dál si luštila křížovku.

*„Dá se mi aspoň **teď** poslat hlas!“* řekla jsem rozčileně a maminka brutálně zareagovala: *„To už nemá cenu!“*

Temná beznaděj na mě padla, když mi „hlas“ odmítl poslat syn, protože by to nebylo spravedlivé, když se na televizi nedívá! A dcera, chudinka, by mi jistě své hlasy ráda poslala, ale nemohla, protože vždycky když to chtěla udělat, tak měla vybitý mobil.

Můj manžel na soutěž zapomněl.

Tchyně nezapomněla, ale spletla se a svůj názor na vítězství omylem zaslala konkurenci.

Má nejlepší přítelkyně **nemá** televizi! Přesto – z čiré lásky – vyplnila soutěžní kupon, ale její muž ho opomněl hodit do schránky, což zjistila až včera.

Mí kolegové měli moc práce, aby se zabývali takovými blbostmi, a mé kolegyně se snažily situaci zachránit, ale jedna měla moc vážnou tříměsíční krizi, protože ji opustil milenec, a druhá tak ztloustla o Vánocích, že se rozhodla, že není důvod, aby někdo jiný měl radost.

Týden před vyhlášením výsledků v televizi se mi na bradě probudil dřímající bolavý pupínek. Budoucnost v mých úvahách zčernala docela. Bylo jasné, že přesně ve slavnostní večer bude můj obličej krášlit Vesuv a já se ho budu snažit marně likvidovat septonexem, make-upem, lihem a krycím krémem. Stejně jsem musela volit jen dvě verze: buď být oteklá jako meloun, anebo s kráterem, jako by o mě někdo típl doutník.

Velmi temně na mě zapůsobilo, že všechny mé „důstojné" šaty (dvoje) vypadaly náhle, jako by už zažily nejmíň osm pohřbů, a mé elegantní lodičky mě začaly tlačit už po pětiminutovém sezení v křesle.

Můj producent mi temně řekl: *„Ne aby sis vzala na sebe něco legračního!"* A můj kadeřník Oskar se na mě mračil, protože jsem mu zašantročila jeho nejoblíbenější černý svetr.

Chmurné (jak těžké tmavé mraky) představy jsem měla, když jsem pochopila, že jsem beznadějně ztratila všechny vstupenky do sálu v Paláci kultury, a taky jsem se zároveň chvěla hrůzou, jak se budu muset **tvářit ležérně.** Jako že: *„To je O. K.!"*

nebo: *„Všichni jsou tak happy! Já, pochopitelně, taky!“* nebo *„Ach ty soutěže!“*. Anebo: *„Nikomu nezávidím! Všem přeji úspěch a uvolňuji cestu mladším a talentovanějším!“* Nasadila jsem od všeho trochu a pořád se mi vybavoval Jim Carrey z filmu „Maska“. Černé mžitky se mi dělaly před očima, protože jsem celý večer do ničeho ani nezobla, aby mne někdo náhodou nepřistihl, že **jím** a **nepiju** koktejl!

A chmury způsobily, že se mi z očních víček stala víka, když jsem asi 60x (svým kolegům, konkurentům, kamarádům, redaktorům, těm, co jsem dlouho neviděla, i těm, s kterými jsem mluvila těsně „předtím“) odpověděla:

„Co mám v plánu teď? Nic.“

Všechno dobře dopadlo. A jsem šťastná! Taky proto, že vám konečně mohu prozradit slova mého otce, která jsem svým vítězstvím alespoň částečně naplnila.

Táta napsal:

Být potěšením jen a jen
všude a všem!
To byl můj velký životní sen!

Můj sen je to taky.

Takže:

Díky za vaše hlasy,
miluju vás na věčné časy!

Obsah

Halina Pawlowská
Banánové chybičky

Ilustroval Pavel Šťastný.
Přebal, vazbu a grafickou úpravu navrhl Pavel Šťastný.
Vydalo nakladatelství MOTTO jako svou 294. publikaci.
Vydání první.
Praha 2003.
Odpovědná redaktorka Miluše Krejčová.
Sazba: TYPA, spol. s r. o., Praha.
Tisk a vazba: FINIDR, spol. s r. o., Český Těšín.

Z EDIČNÍHO PLÁNU NAKLADATELSTVÍ MOTTO

Halina Pawlowská:
BANÁNOVÉ RYBIČKY
Knižní podoba oblíbené talk-show, kde známá autorka radí, jak přežít nejrůznější infarktové situace. **Váz., 208 stran, asi 179 Kč**

Halina Pawlowská:
Ó, JAK TI ZÁVIDÍM!
Nejnovější vtipné a ironické sloupky populární spisovatelky, v nichž si bere na mušku především samu sebe. **Váz., 168 stran, asi 169 Kč**

Halina Pawlowská:
DÁ-LI PÁNBŮH ZDRAVÍ, I HŘÍCHY BUDOU
Halina Pawlowská komentuje své oblíbené a známé citáty. **Váz., 152 stran, asi 169 Kč**

Halina Pawlowská:
CHARAKTER MLČEL A MLUVILO TĚLO
Láska a milostný život jsou hlavní témata fejetonů Haliny Pawlowské. **Váz., 120 stran, ilustrováno, asi 169 Kč**

Halina Pawlowská:
ZOUFALÉ ŽENY DĚLAJÍ ZOUFALÉ VĚCI
Druhé vydání úspěšné prvotiny známé autorky a scenáristky o čtyřicetileté ženě, s níž se rozvedl manžel a ona je nucena řešit novou životní situaci. Kniha srší nápady a návody, jak překonat komplexy a citové a rodinné trable a jak relativizovat pojem zoufalosti. Je to kniha plná humoru, laskavosti a životního optimismu. **Váz., 126 stran, asi 169 Kč**

Halina Pawlowská:
PROČ JSEM SE NEOBĚSILA
Kniha populární autorky obsahuje humorná zamyšlení nad všedními starostmi. **Váz., 130 stran, asi 169 Kč**

Halina Pawlowská:
AŤ ZEŠÍLÍ LÁSKOU
Sbírka vtipných fejetonů na věčné téma. **Váz., 136 stran, ilustrováno, asi 169 Kč**